Der Ernst (Aschi) Hunziker isch im Jahr 1955 z Boltige, im Simetal, gebore. Nachere Lehr als Spängler-Installateur isch er zum Tal us u läbt syt 1980 uf em Bödeli, em Gebiet zwüschem Thuner- u Brienzersee. Gwärchet het er uf em Flugplatz Interlake als Flugzügspängler u später bi der Gmeind Interlake als Aalage- u Materialwart bi der Füürwehr. Ab 1999 isch er Kommandant vo der Zivilschutzorganisation Jungfrou gsy.
Mittlerwyle isch er pensioniert.
Syt Jahre schrybt er Mundartgschichte, Romän, Krimis u o Volkstheater.
D Büecher sy im Buechhandel erhältlech.
D Theater bim Elgg Verlag z Belp.
Wyteri Informatione über e Outor u sys Schaffe stöh uf der Websyte www.ernsthunziker.ch

Ernst Hunziker

Gedanke

zur Adväntszyt

Bibliografische Information der Deutschen Nationalbibliothek:
Die Deutsche Nationalbibliothek verzeichnet diese Publikation in der Deutschen Nationalbibliografie; detaillierte bibliografische Daten sind im Internet über http://dnb.dnb.de abrufbar.

2022
© Ernst Hunziker
Senggigässli 35
3800 Matten
ernsthunziker@icloud.com
www.ernsthunziker.ch

Herstellung und Verlag:
BoD - Books on Demand,
Norderstedt
Printed in Germany
ISBN: 9783756246236

Inhaltsverzeichnis

Oleksandra	7
Mäntig Morge	12
Der Wiehnachtskaktus	17
D Lina u ihre Maa	21
Päcklipapier	27
Zimetzucker (1)	34
Zimetzucker (2)	39
Zimetzucker (3)	50
Samichlous	60
Whatsapp 1 – 5	64
Crazy Radio	70
Sperrbildschirm	75
Wältreis	80
Flügendi Gedanke	86
Lesbos	89
Schwümmli Froueli	95
Es Knacke	99
Was blybt?	107
Frau Himmelreich	115
Obdachlos	120

Es wohltuends
erwärmends Gfüel
sötti e Mönsch im Andere
bi jedem Zämesy erwecke.
De wäris schön
uf Gottes Ärdbode.

Jeremias Gotthelf

D Oleksandra

Bi üs im Dorf geit me ihre e chli usem Wäg. Warum eigetlech? Si isch ja nid unpflegt. Klar, si treit nid grad di modernschte Chleider. U d Uswahl, wo ihre zur Verfüegig steit, isch älwä o nid grad allzu gross. Glych bringt si mit dene wenige Chleidigsstück e Wächsel dry, dass me chönnti meine, si heigi geng wider öppis Nöis anne.

D Chleider sy o geng suber. A däm chas also nid lige, dass me der Oleksandra geng e chli usem Wäg geit.

Ja, Oleksandra heisst si. Nid Alexandra, wie bi üs. Si chunnt äbe o nid vo hie. Us der Ukraine chömi si. Ursprünglech. Aber si läbt scho syt Jahrzähnte hie i üser Region u redt o üsi Sprach. We si redt. Si seit aber äbe nie vil u vilich geit me ihre o wäge däm e chli usem Wäg.

Ihres Alter z schetze isch nid eifach. Me weis aber, dass si scho d AHV überchunnt. Öb di Information vom Pöschteler här isch cho, isch zwar nid beleit, aber me chönnti sech das scho no vorstelle. Dä verzellt settigs öppe einisch, obwohl dass ers nid dörfti. Är wott o nid ufschnyde dermit sondern het älwä ds Gfüel, dass grad settigi Informatione doch schön syge u der Gmeinschaft dieni.

D Oleksandra het e Hund. E grosse, helle Labrador. Wär jetze meint, vilich sygi dä der Grund, dass d Lüt nid z vil mit ihre wei z tüe ha, tüscht sech scho wider. Der Oleg – so heisst das Tier – isch pflegt, isch lieb u chas vor allem mit de Chind sehr guet. Är lat sech la strychle u ihm machts o nüüt us, we d Chind mängisch e chli uschaflig mit ihm umgöh. Dä Badi lat sech fasch alls la gfalle. Drum hei d Chind mit der Oleksandra o vil meh Kontakt als di Erwachsene. Si chas mit de Chind o guet. Me munklet, si heigi sogar sälber Chind gha. Gnauers weis me aber o da nid.

Eigetlech weis me vo ihre würklech wenig.

Geschter han i am Wiehnachtsmärit, e chli näbeusse, zumene Füür gluegt, wo für wiehnächtlechi Stimmig het sölle sorge. Für mii albe e bsundere Momänt. Es wärmends Füür vor mer, e chli Glüewygschmack i der Nase u im Hindergrund wiehnächtlechi Musig. Ärdeschön!

«Es isch geng wider schön, öies Wiehnachtsfüür.»

I bi fasch e chli erchlüpft. Du han i umegluegt. Schreg hinder mir isch d Oleksandra gstande. Zäme mit ihrem Hund. U si het chalt gha. Das het me guet gseh. Ihri Jagge isch z dünn gsy für dä byssig u chalt Winteraabe.

«Chömet doch e chli zueche u löt nech la wärme.»

«Gärn. Danke», seit si u steit näbe mi häre. D Händ, wo nid emal i Händsche stecke, streckt si vor sech häre u rybt d Handflächene ganz langsam gägenand. Der Oleg leit sech näbe se.

Rede tüe mer nüüt. Obwohl i eigetlech gärn mit ihre würdi brichte. Gärn würdi frage, wohär si chömi, was si machi, was si gmacht heigi. I würdi se gärn all das frage, wo me i so Situatione eigetlech fragt. Wäri das jetze nid grad e Glägeheit, d Distanz z überwinde, wo ig, so wie vili anderi Bewohner o, gägenüber ihre ha? Aber irgendwie han i ds Gfüel, schwyge sygi für dä Momänt hie besser als rede.

Mir stöh lang da. Störe tuet nes niemer. Mängisch stöh ja rächt vil Lüt um das Füür um. Brichte, lache, löle. Aber jetze chunnt niemer. Isch es äch wäge der Oleksandra? Wär weis?

Zwüschyne legen i es Schytli uf d Gluet. De geits e Momänt u plötzlech zünglet hie u dert ganz es chlyses Flämmli näbem Holzbitz ueche. Macht Bilder, wo im glyche Ougeblick grad wider verschwinde oder sech de zu anderne Bilder verwandle. Knischtere tuets. U zwüschyne o e chli chlöpfe u tätsche. Aber glych fyn. Gmüetlech.

Der Oleg steit uf. Streckt sech u luegt zu der Frou ueche. Si luegt zu ihm ache u strychlet ihm fyn übere Chopf. Du leit sech der Hund wider. Das Mal uf d Füess vo der Oleksandra. Si het d Händ geng no gäge ds Füür grichtet. Bewegigslos steit si da.

Du luege mer wider zäme i ds Füür.

I mir inne breitet sech e töifi Rueh us. I stah da, näbe der Oleksandra u luege eifach nume i ds Füür. I d Flamme. I d Wermi. I ds Liecht. Gspüre e wohltuehendi Schwäri. E dür das Füür liechterfüllti Wiehnachtsschwäri.

I weis nid, wie lang mir eso dagstande sy. Irgendeinisch het sech d Frou langsam aafa bewege u o der Hund isch ufgstande.

«Syt dir am nächschte Wiehnachtsmärit o wider da a däm Füür?», fragt si mi.

«I weis es nid», sägen i. My Stimm chratzet.

«Es würdi mi fröie. Mit öich isch es nämlech sehr schön, hie a däm Füür z stah. Dir säget nüüt. Gspüret nume.»

«Ja, es isch fyrlech gsy.»

«Wüsst er, i ha syt Jahrzähnte lädierti Stimmbänder u cha drum nid lang rede. Cha mi o chuum mit de Lüt vom Dorf underhalte. Das macht einsam. D Lüt chöi halt nid nüüt säge. Si meine, me müessi geng rede. I cha aber nid.» Me ghört, dass ihri Stimm geng chratziger aber o geng lysliger wird. «Drum wei d Lüt nüüt mit mer z tüe ha. I verstah se. Öpperem nüüt säge isch halt schwiriger als mit ihm chönne z rede.»

Si dräit sech vo mir wägg, zieht der Hund näbe sech häre u macht sech parat für z gah.

I schäme mi fasch e chli für üsi Gsellschaft. Mir schliesse d Oleksandra us, wil si nid redt. U das de o no ohni z wüsse, warum si so wenig seit.

I säge zu ihre: «Häbet stilli Feschttage. U we dir dür ds Jahr düür ds Bedürfnis heit, ane Ort häre z stah u nüüt z säge, de chömet zue mer. I wäri derby bim Schwyge.»

Si lächlet mer nume zue, winkt mer churz mit der rächte Hand, chehrt sech um u louft dervo. Der Oleg trappet gmüetlech hindedry.

Meiebluescht u Rosezyt,
beides isch verby.
D Wält, vor Jahre gross u wyt -
ach wie wird si chly!

Ds Läbe füehrt is wider zrügg
der verlornig Wäg.
Über mängi breiti Brügg,
mänge murbe Stäg.

Ds Füür, wo einisch gäih het brönnt,
hütt ischs bloss no Gluet ...
Wenn ders nume zeige chönnt:
ou eso ischs guet!

Ernst Balzli

Mäntig Morge

Im Ychoufzentrum inne steit es Bänkli. Nei, das wäri nid ganz korräkt. Es steit dert e Bank. Nid grad e grosse, aber zumene Bank längts em. U dert druffe sitzt er, der Ferdinand. U wartet.

Gmüetlech luegt er um sech. Momol, si hei sech Müei ggä. Alls isch wiehnächtlech dekoriert. E fasch nid überschoubari Zahl vo Lämpli lüüchte us allne Egge füre. Chriis ligt am Bode un e grosse Wiehnachtsboum steit dert, wo normalerwys e lääre, grosse Platz isch. Es isch schön, warm u fyrlech.

Syner Gedanke wandere wyter. Si blybe nid bi däm Konsumtämpel stah. Nei, är dänkt a sy Frou. A ds Nelly. Ihre würdi di Wiehnachtsbelüüchtig o gfalle. Oh, wie schön wäris doch, we si jetze näbe ihm würdi hocke. We si zäme di liechtvolli Wunderwält chönnte gniesse.

Ach, wie vermisst er se!

Obwohl si scho vor es paar Jahr gstorbe isch, het er geng no Müei dermit, dass si nümme da isch. Het Müei, syner Gedanke im Griff z bhalte. Gedanke, wo ne a ne schöni u gueti Zyt erinnere, wo si zäme hei dörfe verbringe. Eigetlech chönnti är ja dankbar sy. Sötti älwä o. Aber äbe. We mes so lang so guet het gha, wie sii Zwöi, de isch ds Ändi dopplet hert u d Dankbarkeit mag d Truur halt nid geng überdecke. U glych, wen er sechs guet überleit, de darf er zfride sy. Mit sich, mit syre Umgäbig u o mit der länge Zyt, won är mit em Nelly het dörfe verbringe. Är nimmt sech einisch meh vor, d Dankbarkeit la z gwinne. Di guete Gedanke la überhand z näh. U dermit wider hie häre z cho uf dä Bank, won är druffe hocket. U won er wartet.

Syt är eleini isch, mues er sälber ga ychoufe. Was isch ihm o anders übrig bblibe, wen er nid het wölle verhungere. Settigs het ja geng sy Frou gmacht gha un är isch nume öppe albe einisch ga hälfe heitrage, we si gseit het, si heigi de grad e chli vil yzchoufe. Aber sech drum kümmeret, was si alls gchouft het oder sogar gluegt, ab welem Gstell dass si was gno het, het er nie.

Är hätti gschyder!

Das het er du mängisch dänkt, won er elei het müesse all das Züüg ga zämesueche, won är für ds Läbe bruucht het. Es gnietigs Underfange isch es gsy. Ömel am Aafang. Är het sech mängisch müesse e Blössi gä, wen er de wider e Aagstellti het müesse ga frage, wo äch dises oder jenes sygi. Das het er nie gärn gmacht u drum isch er de halt albe wie nes blinds Huehn im Lade desumegsturnet. So lang, bis dass es ne düecht het, är falli doch langsam uuf, wen er geng no i däm Lade desumetschalpi.

Bi de erschte Ychoufsüebige het er albe nid alls hei bracht, won er sech uf em Zedel gnotiert het gha. Eifach wil er ds Gfüel het gha, är sygi jetze scho lang gnue suechend ufgfalle. Drum isch er de albe mit em halbe Ychouf a d Kasse u isch de am nächschte Tag no einisch drahi.

Hütt geit das ordeli besser. Es chunnt sälte meh vor, dass er öpper mues um Hilf ga frage.

Älwä wil er du afe e chli sicherer isch worde, isch ihm du di Frou ufgfalle. Är geit ja geng a de glyche zwee Tag ga ychoufe. Mäntig u Frytig. Geng grad am Morge em achti, we ds Gschäft ufgeit. Da hets geng wenig Lüt. Vorsicht isch ja geng no aagseit, we me dene Virologe wott gloube. Drum trage ja geng no vil Lüt e Maske. O die Frou. Wie mängisch het är äch probiert, sech vorzstelle, was di Frou under dere Maske für nes Gsicht het? Mängisch! Un är isch nie zumene bruuchbare Resultat cho.

Die Frou isch syt Monate am Mäntig, zu der glyche Zyt wien är, ga ychoufe. Das isch ihm scho gly einisch ufgfalle. Mit der Zyt het si du o ihn bemerkt. U si hei sech aafa grüesse. Eifach grüesse. Meh hei si zunenand nid gseit. Nie gseit. Nach es paar Wuche isch du no es Lächle derzue cho. Si hei enand bim Grüesse no aaglächlet. Ömel är het gmeint, ihrne Ouge u de Falte links u rächts dervo aazgseh, dass si lächlet. Nei, är meint das nid. Är isch sicher. Sicher dass si ne bim Grüesse aaglächlet het.

Hütt isch wider Mäntig. Är isch – geng wie geng – ga ychoufe. Het alls, won er ufgschribe het gha, i sy Rucksack packt u wäri eigetlech parat für gäge hei z trappe. Aber är hocket da uf däm Bank u wartet. Wartet uf di Frou, won är wäder weis wie si heisst, no wo si wohnt. Är weis vo ihre nume, dass si ihn grüesst, we si enand gseh u dass si älwä lächlet, we si ne grüesst. Das isch alls.

Es isch jetze der dritt Mäntig, won er se nid gseh het. Un es isch der dritt Mäntig, won er hie hocket, wil er hoffet, dass si sech nume verspätet het. Oder chunnt si nid, wil si chrank oder verunfallt isch? Oder … Är wott dä Gedanke nid z Änd dänke. Obwohl dass es i ihrem Alter ganz normal wäri, we si nie meh i dä Lade chönnti cho. We si ganz eifach gstorbe wäri.

Är verdrängt dä Gedanke!

Aber was söll er de? Är het ja ke Ahnig wär si isch

u wo si chönnti sy. Nid emal e Name het er. Är het o scho überleit, öb er e Verchöifere oder e Frou a der Kasse söll ga frage. Wen er sech aber d Frag vorstellt: «Grüessech Kassefrou. Loset, i chume jede Mäntig Morge zu der glyche Zyt cho ychoufe. U syt Monate isch zu der glyche Zyt o ne Frou cho ychoufe, wo mi grüesst u o no aaglächlet het. Syt drei Wuche chunnt si aber nümme. Wüsst dir öppe wie si heisst u wo si wohnt?», de chiem er sech äbe scho blöd vor. Alte Gstabi, dänkt er de albe, was würdi di Kassefrou ömel o über ihn dänke. U kenne täti die di Vermissti ja sicher o nid, bi all dene Lüt, wo jede Mäntig Morge bi de Kasse verby loufe.

Wil er sech nid getrout ga z frage, hocket er jetze da u hoffet, dass si glychwohl wider uftoucht, di Frou, wo ne jede Mäntig Morge ggrüesst u aaglächlet het.

D Mönscheseel glycht em Wasser;
vom Himmel chunnts,
zum Himmel stygts,
u wider ache
zu der Ärde
mues es,
ewig wächselnd.

Johann Wolfgang von Goethe

Der Wiehnachtskaktus

Nei, das chan i nid!
Si steit vor dranne u luegt ne aa. Luegt ne läng aa.
So, wie we si ne no nie gseh hätti. Derby steit dä scho syt mängem Jahr i ihrer Stube inne. Uf emene höche Gstel. U lampet über das ache.
Wie lang isch es äch här, syt ihres Mueti ihre dä chly Wiehnachtskaktus i d Hand drückt het? Si weis es nümme genau. Uf all Fäll scho lang.
Was si aber no genau weis isch, dass sech das chlyne Pflänzli syt denn zumene riise grosse Wiehnachtskaktus entwicklet het, wo – prezys zu jedere Wiehnachte – mit ere fasch unändleche Aazahl vo Blüete sy Pracht usgstrahlt het. Es isch jedes Jahr es Wunder gsy wie di Pflanze Blüete bbildet het. Wie die ufggange sy u ihri Stube geng wider hei la erstrahle. Es isch sogar sowyt ggange, dass si sech mängisch gfragt het, öb si eigetlech würklech no e Wiehnachtsboum bruuchti – bi all dere wunderbare Pracht, wo ihre dä Kaktus uf Wiehnachte gschänkt het.
Aber äbe.
Vor zwöi Jahr het er du e chli gmuderet. Är het zwar scho no blüeit. Aber nümme ganz eso wie süsch. Wen er vo Jahr zu Jahr grösser isch worde, we me ne fasch alli paar Jahr i ne grössere Topf het müesse tue, isch er di letschte zwöi Jahr i syre Entwicklig blybe stah.
Si het du zwöi Zweigli vonem gno, het se i ds Wasser gstellt u se später i zwe Töpf gsteckt. Jetze het si zwar geng no e grossi, aber de o zwo chlyni Pflanze. Di Chlyne gedeihe wunderbar u hei o scho di erschte Blüete gmacht. Die sy also uf guetem Wäg.

Aber d Mueterpflanze macht ihre Sorge. Me het ere fasch chönne zueluege, wie si langsam zämegheit isch. Ihrer spezielle Bletter sy vom Spitz här düür worde u sy abgheit. Inne drinne isch si bruun worde u me het däm Kaktus aagseh, dass es ihm nid guet geit. Si het du no mit Dünger probiert. Mit umtopfe. Mit nöiem, speziellem Härd. Aber es het se dünkt das heigi d Situation nume verschlechteret statt verbesseret.

U jetze steit si vor dranne u sötti e Entscheidig fälle. Sachlech gseh wäris klar. Di Stude mues furt. Gschyds wachst da o später nümme. Also wägg dermit. Das wäri vernünftig.

Aber das «wägg dermit» isch halt nid eso liecht.

Si het dä Kaktus vo ihrem Mueti übercho. Als chlyses Pflänzli. Si het ne über all di Jahr i Ehre bhalte. Ds Mueti isch scho lengschte nümme uf der Wält. Aber mit dere Pflanze glychwohl geng no irgendwie da.

U jetze sötti si dä Wiehnachtskaktus entsorge? Wil er alt u zerbrächlech isch? Wil er am Stärbe isch?

Das git ere z dänke. Sii sälber isch zwar no nid zerbrächlech. Alt aber scho. Wetti ihri Aaghörige, wetti ihri Umgäbig se äch o am liebschte entsorge? Gedanke schiesse ihre dür e Chopf. Gedanke, wo si grad sofort wider verschüücht. Schliesslech isch sii e Mönsch. U das da hie isch nume e Pflanze.

Also. Dä Kaktus het usdienet. Punkt. U schliesslech het dä ja zwe Ableger gmacht. Syner Nachkomme sy also i de Startlöcher.

Aber ne furtgheie? Eifach so? Dä, wo ihre a so mänger Wiehnachte Fröid gmacht het?

Es fallt ihre schwär. Enorm schwär.

Bisch doch e Lööl, seits i ihre inne. Das isch nume e

Pflanze. U du hesch ja scho Nachschueb. Also wägg dermit. Di sachlechi Syte wäri vernünftig u logisch.

Aber d Gfüelssyte!

Die zeigt ihre ds Gägeteil. Si hirnet no e chli drann ume. Bis si du di zwo junge Pflanze gseht. Si luegt se aa, lüpft se uuf u brichtet mit ne. Si seit ne, dass si sehr vil Fröid a ne heigi, wil si jetze älwä de wärdi blüeie. U dass sii a ihrer Mueter vil Fröid heigi gha. Jahr für Jahr. Wiehnachte uf Wiehnachte.

U irgendwie gspürt si jetze, dass die zwöi Pflänzli starch gnue wärde sy für ihre wyterhin byzstah. Für ds Aadänke a ihre gross Kaktus u dermit für ds Aadänke a ihres Mueti ufrächt z erhalte.

Si luegt der alt verhützet Wiehnachtskaktus no einisch aa, nimmt ne du zu sich, louft zum Grüencontainer u gheit ne dry.

Si het Träne i de Ouge.

Si gspürt einisch meh, dass o mir nid unändlech sy. Weis, dass o mir einisch müesse abträtte, dass o mir einisch müesse Platz mache für di Junge. Platz mache für öppis Nöis.

Wo si der Dechel zum Container zuetuet, putzt si d Träne ab, geit zrugg i d Wohnig, lat sech es Gaffee use u brichtet no einisch mit de Söhn oder de Töchtere vo der alte Wiehnachtskaktusmueter.

I han mi gfräägd
und han mi bsinnd,
was mer am neetigischten heigen.
Es düücht mi fascht,
es Liecht, wa brinnd,
fir wyterhin den Wäg is z zeigen.

Fritz Ringgenberg

D Lina u ihre Maa

Es isch still bi ihne. Si hocke o fasch unbeweglech a ihrem Chuchitischli.

Är luegt graduus, wie wen er ganz wyt wägg öppis würdi gseh. Sys Gsicht isch voll Furche u d Ougelider hange ihm e chli über d Ougsöpfle ab.

D Lina, sy Frou, steit uuf. Si nimmt der läär Joghurtbächer u ds Löffeli u stellts uf e Schüttstei. Abwäsche tuet si der Löffel nid. Warms Wasser usela rentiert nid – wäg emene Löffel.

Si het ne gfueteret. Gfueteret wie nes chlyns Chind. Het ihm Löffeli für Löffeli Joghurt probiert i sys Muul z befördere. Zwüschyne isch es ihre glunge. Aber de het er o ds Muul eifach zueta u ds Joghurt isch vore ache i d Serviette tropfet. De het si ihm ds Muul putzt. U wider mit löffele wytergfahre.

Zwüschyne het o sii e Löffel Joghurt gno. O sii het öppis müesse äsmilitärä, obwohl si eigetlech chuum me Hunger het gha. Das isch früecher anders gsy.

Ja, früecher.

Si dänkt öppe zrugg, we si näbe ihrem Maa sitzt. Aber nid wehmüetig. Nenei, für so öppis isch d Lina nid z ha. Was gsy isch isch gsy. U was gsy isch, cha me nümme ändere. Also was söll me däm no nachetruure oder was söll me däm Vergangene no böös sy? Das nützt ja eh nüüt.

D Lina isch sechs gwanet gsy, vor allem das z mache, wo nützt. Nid öppe dass si gäldgyrig wäri gsy. Bi wytem nid! Nei, si het sech uf ds Nützleche konzentriert, wil si dür all di Jahrzähnt dür gar nid vil anders het chönne mache.

Der Oskar, ihre Maa, isch drum scho i junge Ehejahr schwär verunglückt u het dür das nümme uf sym Bruef chönne wärche. Natürlech het d IV ihne e chli öppis a ds Läbe zahlt. U der Oskar het o no e chli chönne ga wärche. Aber nume Arbeite, wo körperlech nid sträng sy gsy u wo o geischtig nid z vil vorusgsetzt hei.

Wo ihrer beide Chind dusse sy gsy, isch d Lina o ga wärche. Aber o sii het natürlech nid Arbeite chönne verrichte, wos e grosse Lohn hätti ggä derfür. Glehrt het si ja nüüt gha u drum isch si ga putze. Stundewys. So hei di beide ihres Läbe häpp chläpp chönne finanziere. Aber si sy z fride gsy derby u hätte nie ds Gfüel gha, si syge benachteiliget oder si verpassi öppis.

D Lina lächlet! Si dänkt a ihre Oskar. A dä gross, starch Maa, won er vor em Unfall isch gsy. Si hätte zäme chönne ga Ross stäle. U si hei o mängs abetürlechs gmacht. Natürlech nid eso, wies die Junge hütt mache. Aber für sii isch denn zum Bispiel e Nachtwanderig mit ere Übernachtig inere Alphütte scho öppis sehr Speziells gsy.

Der Oskar hueschtet. Söifer louft ihm bim Muulegge zdürab. D Lina putzt ne ab.

Ja, starch isch er gsy, ihre Oskar. Ds Lächle vergeit ihre. Si überchunnt es nachdänklechs Gsicht. Starch isch er gsy. U jetze hocket er da. Syt Monate. Säge tuet er nümme. U Gfüel zeige chan er o nume no ganz fyn. Wil ne d Lina scho syt über füfzg Jahr kennt, weis si scho, was er möchti, wen er nume mit em chlyne Finger e chli waggelet oder di rächti Ougsbraue gäge ueche zieht.

Si betreut ihre Maa, syt dass er es Schlegli het gha. Das heisst, nei, si betreut ne natürlech nid ersch syt denn. Betreut het si ne ja eigetlech scho geng. Sii isch di Starchi gsy i ihrer Beziehig. Wes drum ggange isch z entscheide, het är se geng gfragt un isch froh gsy, we si het gseit wodüre dass me sötti. Gäge usse het das niemer gmerkt. Da hei beidi vorsichtig agiert. Si het nid wölle, dass d Lüt merke, dass der Oskar so starch uf sii fixiert isch un är hätti syne Kollege o nid wölle Aalass gä, dass si ihn öppe no als Höseler gsieche.

Höseler isch er aber o nie eine gsy. D Lina lächlet wider. Si heis guet gha zäme. Sy aaständig mitenand umggange u hei d Problem – wos i ihrer Ehe durchus o ggä het – mit gägesytigem Aastand, mit Rücksicht u Verständnis glöst. U o we ihrer Chind sälte zu ihne chöme, hei si doch e guete u schöne Kontakt zue ne. Si wüsse beidi, dass si se zu aaständige Lüt erzoge hei, wo sälbständig u äbe aaständig dür ihres Läbe chöi gah. Das Wüsse tuet ihre guet.

Der Oskar leit sy Hand ganz langsam uf d Hand vo der Lina. Är luegt aber geng no grad us.

Wär jetze ds Gfüel het, es sygi scho fasch kitschig, wie schön u lieb di Zwöi da beschribe wärdi, tüscht sech. Nenei, si hei durchus Chnörz gha zäme.

D Lina lächlet der Oskar aa. Si erinneret sech dra, was si ds erschte Mal dänkt het, wo si ihm di erschti Suppe gchochet het gha. Si het aafa ässe. Är o. U wil di Suppe heiss isch gsy, het er uf e Löffel blase. D Lina isch überrascht gsy, dass bi däm Orkan, wo ihm lutstarch usem Muul us isch cho, überhoupt no e Tropf Suppe i däm Löffel bblybe isch. Si hätti ihm jetze dütsch u dütlech chönne säge, das störi se u si wölli das nid ha. Das wäri ihre aber gäge Strich ggange. Si het die Situation anders entscherft. Si het eifach vo denn aa d Suppe e chli la abchalte bevor si se serviert het. U we de der Oskar glychwohl wider einisch bimene heisse Äss blase het, het si ne aaglächlet un ihm lachend gseit, si heigi de scho düschelet oder si het ne gfragt, öb er se wölli dür d Luft blase. Drufache hei si beidi glachet.

D Lina lachet lut. Der Oskar bewegt d Ouge zu ihre häre un es dünkt se, ganz es fyns Lächle chömi o ihm über d Lippe.

Ja, so het si geng wider Sache gha, wo se a ihrem Maa gstört hei. U umkehrt natürlech o. U mit es paar Sache hei si sech o gägesytig gnärvt. Es isch ne de o nid geng glunge, Störends mit luschtig sy us der Wält z schaffe. Mängisch hets o bi ihne lüter tönt als nötig.

Jetze wird si wider ärnscht. We si nachedänkt, über was alls si sech gnärvt het, we si überleit, wie mängisch si sech übere Oskar ufgregt het, wil er irgendöppis gmacht het, wo ihre nid passt het ...

U jetze? Jetze wäri si froh, wen är überhoupt no öppis würdi mache. Si wäri dankbar für alls – o für Züüg, wo ihre gar nid würdi passe. Aber nei, ihre Maa sitzt da. Unbeweglech. Still. U sii? Si pflegt ne, si fueteret ne, si luegt zu ihm. In guten wie in schlechten Zeiten.

Aber mängisch beröit sis, dass si wäge so chlyne Sächeli Chnörz hei gha mitenand. Wäge Sächeli, wo – we si luegt, was si jetze für Sorge mit ihm het – lächerlech chly sy gsy. Si beröits, dass si sech gnärvt het, wen er d Sänftube i der Mitti usdrückt, statt se vo hinde gläärt het. Wenn er, geng u geng wider, d Schuebändle näbe de Schue het la ache plampe, statt se i d Schue z tue. Wenn er d Zanpaschta diräkt i ds Muul, statt se uf ds Bürschtli ta het. Wenn er ...

Si steit uuf. Geit a ds Fänschter u luegt use. Ueche a Himmel. Dusse isch es scho fasch dunkel. Jede Aabe steit si da u suecht der erscht Stärn am Himmel. Si weis nid wie dä heisst u si weis o nid emal, öbs geng der Glych isch. Si weis nume, dass der erscht Stärn am Nachthimmel ihre Glückstärn isch. Dä Glückstärn, wo ihre Chraft u Zueversicht git u wo se scho syt sehr langer Zyt dür ihres nid geng liechte Läbe begleitet. Wo ihre scho i vilne Läbessituatione gholfe het, wil si ihm ihri Schwäri het chönne übergä. We si ne gseht, überchunnt si es wohligs Gfüel. Si weis, dass sii – trotz allne Umständ – der glücklechscht Mönsch uf Ärde isch. Wil si mit ihrem Maa, hie, i dere chlyne Wohnig, darf läbe. Ja, wil si darf läbe. Si isch eifach glücklech u dankbar, dass si läbt.

Si lächlet wider.

Won i füfi bi gsy,
het my Mueter geng gseit,
dass es ds Wichtigschte im Läbe sygi,
glücklech z sy.
Won i i d Schuel bi cho,
hei si mir gseit,
i sölli ufschrybe,
was i später einisch wölli wärde.
I ha gschribe: glücklech.
Si hei mer gseit,
i heigi d Frag nid richtig verstande.
Un i ha gantwortet,
si heigi ds Läbe nid richtig verstande.

John Lennon

Päcklipapier

Wiehnachte mit der Familie. Geng wider es schöns Erläbnis. Är gniessts un är isch zfride. Höcklet gmüetlech i sym Eggeli u luegt däm Trybe zue. Es isch es schöns Gfüel, d Chind u d Grosschind z beobachte. Z luege, wie si sech entwicklet hei.
Wiehnachte isch für ihn nid nume es Familiefescht, wo me eifach zämesitzt, sondern o es Bewusstwärde vom Wärde. Vom Wytergah u vom Wyterwachse.

D Louise isch scho fasch es Frölein worde. Ömel wen er ihri Grössi aaluegt. Vom Benäh här isch si aber no geng es Chind. Ömel zwüschyne. Zum Glück. Erwachse cha si ja de no lang gnue sy. Si sölls doch gniesse, das Chindsy. Klar, mängisch passt ihres Tue de nümme zu ihrem Alter u das geit de ihrne Eltere scho e chli uf e Geischt. Aber äbe, si steckt jetze i dere Zyt, wo d Eltere schyns föö aafa schwirig wärde.

D Eltere. Sy Schwigersohn, der Nils. E guete Maa, wo zu syre Familie luegt. Si heis gäbig zäme. Ömel was är so cha beurteile. Sy Tochter, d Eliane, isch als Chind o so ne Zwaschpel gsy wie d Louise. Ihri Tochter het ihres Verhalte also nid gstole. Nei, si hets eifach gerbt. Wie het doch d Eliane, wo si so alt isch gsy wie d Louise jetze, trötzelet, ggiftelet, gmötzelet u usgrüeft. Är mues lächle. Hüt. Denn het si se aber zur Wyssgluet tribe, sy Frou u ihn.

D Gedanke schweife ab. Zu der Mara. Zu syre Frou. Wo isch si äch jetze? Luegt si als Stärn vo obe ache zue? Oder isch si sogar hie? Hie bi ihne, i der Stube? Isch si vilich sogar eini vo dene vilne Cherze, wo da am Wiehnachtsboum so schön lüüchte? Är wott nid grüble. Wott di Gedanke wäggwüsche. Nid öppe, wil er d Mara wetti vergässe. Nei, ganz u gar nid. Aber wen er z hert a se dänkt, de landet er bi truurige Gedanke u de ghört er d Mara säge: «Edi! Du truurisch mer de nid, gäll? Wen i nümme da bi, de blybsch du geng no hie unde. Iig bi de amene andere Ort, nid du. Du blybsch hie u hesch hie no z läbe. Das Läbe läbsch mer aber de mit glückleche Gedanke wyter u nid mit truurige. Eifach wil ds Läbe z churz isch für Trüebsal z blase. Lach, bis fröhlech, lueg mit guete u schöne Gfüel uf üses gmeisame Läbe zrugg u gang mit offene, fröhleche u spannende Ouge dür d Wält. Leg kener Schöiklappe aa u gniess es eifach, dass du no da bisch.»

Ja, so würdi d Mara zu ihm rede, wen er di Truurigkeit zueliess. Drum probiert er se wäggzwüsche u luegt wider syre Familie zue.

Der Simon isch grad dranne, es Wiehnachtsgschänk uszpacke. Es riisegrosses! Aber – jesses! – wie geit de dä mit däm um? Ds Bändeli, wo das Gschänk verziert het, het er eifach abgschrisse us i ne Egge gschlöideret. U jetze – är mag chuum nache mit luege – schrysst er das schöne Wiehnachtspapier eifach ab em Päckli. Ja, schrysst! Verschryyst! Verschryyst das schöne u grosse Papier. So cha me das ömel de nümme bruuche. Warum säge ihm d Eltere nüüt? Di sötte ihm doch …

Ja, der Gedanke a «die sötte ihm doch …» isch ihm scho mängisch cho. Nid nume bim Päckli uspacke. U nid nume bim Simon. Är het o bi der Erziehig vo der Louise mängisch müesse uf d Zähn bysse, wen er gseh het, wie sy Tochter u sy Schwigersohn syner Grosschind – us syre Sicht – öppe einisch ehnder ver- als erzoge hei. Gseit het er natürlech sälte öppis. U wenn, de het ihm de d Mara später dütlech erklärt, dass d Erziehig vo de Chind Sach vo de Eltere u sicher nid Sach vo de Grosseltere sygi. Die syge derfür da, für d Grosschind z Hudel u z Fätze z verwöhne – u der Schnabel zue z ha.

Aber das mit em Päcklipapier verschrysst ne fasch. Das chan er doch nid unkommentiert la. Das mues me däm chlyne Schnuderi doch bybringe. Dä wäri jetze grad i däm Alter, won er settigs no würdi begryffe. D Louise wäri scho z alt derfür. Die würdi ihn höchschtens uslächle, das Luusmeitschi.

Päcklipapier eifach verschrysse!

Wen är das als Chind gmacht hätti. Potz mol, das hätti de es Lamento abgsetzt. Jedes Päckli isch dennzumal sorgfältig uspackt worde. Ds Bändeli het me probiert ufzchnüble u wes nid ggange isch, de hets ds Muetti ufgschnitte. Äs het gwüsst, wo me das eso macht, dass mes de später wider het chönne bruuche. O d Chläbstreife het me nid eifach abschrisse, sondern müglechscht eso abgchnüblet, dass ds Papier ganz isch bblibe. U de het me ds Päckli sorgfältig usem Papier gwicklet. Bevor me ds Druckli het dörfe uftue, het me müesse ds Papier zämelege. Nume we me z ungeduldig isch gsy, de het eim ds Muetti di Arbeit abgno.

Ja, me het Sorg gha zum Züüg. Me het ja o nid vil gha. O nid vil übercho. Der Vatter het a Wiehnachte mängisch verzellt, dass ds einzige Päckli, won är als Chind übercho heigi, e Läbchueche mit zwe Füflibere druffe sygi gsy. I Packpapier ypackt, wils Wiehnachtspapier denn no gar nid ggä heigi.

Das het är sälber nie eso erläbt. Wiehnachtspapier

het er geng um syner Päckli gha. Un är het i syre Jugendzyt nid nume eis Gschänk übercho. Nei, es sy geng mehreri gsy. Es isch syne Eltere halt denn o scho besser ggange als zu dere Zyt, wo die jung sy gsy. Si hei sech scho e chli meh chönne leischte.

Aber zum Wiehnachtspapier hei o sii geng Sorg gha.

U de sy Tochter? Het die denn, wo si no Chind isch gsy, ihrer Päckli o so rasant uspackt? Är erinneret sech zrugg. A d Wiehnachte z dritt. Schön isch es gsy, denn. Fyn u fyrlech. Si hei geng zersch i der Chuchi Znacht ggässe. Es Fondue Chinoise. Geng Fondue Chinoise. Jahrelang. Du hei si i d Stube gwächslet. Zum Wiehnachtsboum u zu de Päckli. Bevor d Eliane het dörfe Päckli uspacke, hei si gsunge. Zwöi Lieder. Oh du Fröhliche u Stille Nacht. Meh nid. Musig isch nid so ihres Ding gsy. Glychwohl hei di zwöi Lieder derzue ghört. De isch aber de e wichtige Teil vo der Wiehnachtsfyr cho: d Gschicht. D Mara het jedes Jahr e Nöji vorgläse. Oh isch das albe schön gsy. Di warmi Stube, d Cherze wo glüüchtet hei, d Eliane uf sym Schoss u d Mara mit der warme Stimm …

Ratsch! Das Mal schrysst d Louise ds Papier vom Päckli. O sii rücksichtslos. D Eliane wurggets zäme u stossts – wie di andere Papier – i ne Plasticsack. Älwä für ne nächär i Ghüder z gheie.

Hei si denn deheime ds Papier no zämegleit? Oder hei sis o scho ghüderet? Är überleit.

Mol. Wo d Eliane chly isch gsy, het d Mara ds Papier no zämegleit. Aber är bsinnt sech, dass si du o einisch gseit het, dass das ja eigetlech vergäbeni Müei sygi, wil me nächscht Wiehnachte ja eh wider nöis Papier nähmi u ds Alte gar nümme bruuchi.

Hei sii also der Eliane vorgmacht, dass me ds alte Papier nümme bruucht? Scho müglech. Aber zämegleit hei sis sicher geng. Nid zämegwurgget, so wie sis hütt mache. Da isch er sech sicher. Aber wen er wyter überleit: Für was sötti mes eigetlech zämelege, we mes doch de glych nümme wott bruuche?

Vilich eifach wil me glehrt het Sorg ha zum Züüg?

Wiso hei de di hüttige Junge eigetlech so wenig Sorg zum Züüg? U dermit meint er nid nume ds Wiehnachtspapier. Wen er luegt, was di Chind alls für Spielsache hei – das übermacht doch dene. Di wüsse doch gar nümme, was si eigetlech alls hei. Di sy doch mit all däm überforderet.

Aber wär überforderet se de? Ömel nid sii sech sälber. Si wärde überforderet. Vo ihrne Eltere. Ja, u o vo ihrne Grosseltere. Ja, o sii hei ihrne Grosschind hie u da es Gschänk gmacht. Nid nume a Wiehnachte oder a de Geburtstage. O sii hei also zu däm Überfordere bytreit.

Aber ds Päcklipapier? Mindeschtens da hätti d Eliane ihrne Chind e chli Sorgfalt im Umgang mit Sache chönne bybringe.

D Eliane? Würklech nume sii?

We sii scho bi ihne als Chind glehrt het, dass me ds Papier zwar no zämeleit, bim nöie Päckli ypacke aber geng nume nöis Papier bruucht het, de het si ja scho bi ihne mitübercho, dass me Päcklipapier …

Är luegt wider em Simon zue, wo wider – ratsch – es Päckli uspackt. Dä chly Chnüderi het zum Wiehnachtspapier ke Sorg, wil är nüüt anders kennt. Wil ihn sys Mueti bi sym Tue nid korrigiert. U die korrigiert ne nid, wil se o ihrer Eltere denn nid korrigiert hei. Wil si scho denn ds bruuchte Papier ghüderet hei. Der Grund, warum der Simon zum Papier ke Sorg meh het, sy also eigetlech d Grosseltere. Isch also eigetlech är. Ihn stört also öppis, won är ja eigetlech sälber verursacht het.

Das hudlet ne grad e chli. Är merkt, dass bi vilne Sache, wo sys Chind u syner Grosschind nid ganz eso mache, wien är das würdi, der Grund bi ihm ligt. Wil är als Vatter syre Tochter ganz unbewusst öppis vorgmacht het, won är sälber als Chind nie hätti dörfe.

Är probiert der Grund derfür usezfinde u chunnt du zum Schluss, dass sii als Eltere ihrem Chind öppis Bessers hei wölle ermügleche, als dass sii sälber als Chind hei gha. Si hei wölle, dass es ihrem Chind einisch besser geit, als dass es ihne ggange isch. Dass sechs meh cha leischte, dass es meh cha tue, dass es Freiheite cha gniesse, wo sii sälber nie gha hei.

U das alls – u äbe no vil meh – git jetze sy Tochter ihrne Chind mit uf e Wäg.

U wen ärs gnau aaluegt, wäri ds unüberleite Verschrysse vom Wiehnachtspapier eigetlech nume ganz ganz es chlyses, unwichtigs Problemli – bi all däm, wo uf di junge Lüt künftig wird zuecho. Sorg ha, vilich sogar weniger ha, ja, vilich sogar müesse verzichte uf öppis, chönnti i Zuekunft d Devise wärde. Ganz e nöji Erfahrig chönnti da i nächschter Zyt uf di Familie, wo da vor ihm hocket, zuecho.

Är mag sech d Konsequänze drususe nümme vorstelle. Är nimmts wies isch. Wies hütt isch. Un är gseht, wie der Simon jetze ds abgschrissne Päcklipapier grad sälber i Plasticsack schoppet.

Ds Schönschte,
wo ne Mönsch
cha hinderla,
isch es Lächle
im Gsicht vo dene,
wo a ihn dänke.

Theodor Fontane

Zimetzucker (1)

Nenei, Gaffee wott er kene. Un är wott o kes Wiehnachtsgüezi. Är wott überhoupt nüüt. Das het er dene doch scho mängisch gseit. Aber si begryffes nid. Si weis nid begryffe. Geng u geng wider chöme si ihn cho frage. Wei ihm öppis aabiete. Würde ihm gärn öppis bringe. Jetze, um d Wiehnachtszyt, sy si no ufsässiger, di Pflegerinne u Pfleger. Si meine, dass me ihm – wie si albe mit verträimtem Blick säge – doch es Fröideli wölli mache. Är wott aber kes Fröideli. Wott nüüt. Gar nüüt. Zmorge, Zmittag, Znacht. Ja, das mues er, wen er nid wott verhungere. Aber süsch nüüt. Di müesse nid meine.

Schliesslech isch er nid freiwillig hie, i däm Altersheim. Är het hie häre müesse. Jawohl, müesse! Us syre Sicht wäri das nämlech no gar nid nötig gsy. Sy Frou het ja deheime no chönne putze u choche. Wösche o. Zwar het ere ds Ufhänke vo der Wösch e chli Müei gmacht. Mit e chli guetem Wille wäri der Räschte aber glych no ggange.

U im Huus hättis ja sicher o Lüt gha, wo ihre derby gholfe hätti.

Heigis nid, het si bhouptet. Wil är ja all ihrer Nachbare wäge irgendemene chlyne Chabis vertöibt heigi. Är heigi ja o niemer meh, wo mit ihm öppis wölli z tüe ha, het si bhouptet. Wil är alli Lüt um sech um verruckt gmacht heigi mit syre uflätige, rächthaberische Art.

Derby stimmt das gar nid. Das isch e Erfindig vo der Lise, syre Frou.

Guet, grad vil Lüt hei si nid, wo sech um se würdi kümmere. Di beide Chind vilich scho. Wes de drufaa chiem – het er gmeint. Aber da het er du uf Granit bbisse. Si syge z wyt wägg, hei si beidi gseit. U mir sölle doch d Überlegig für ne Umzug i nes Altersheim i Betracht zieh.

Drusgstohle hei si sech! Feiglinge sys. Alli beidi. Für was stellt me de Chind uf d Wält? Für dass si eim im Stich lö, we me se bruucht? Me hätti gschyder druf verzichtet – het er ihne a Gring pängglet. U du het d Lise no grad einisch e Grund meh gha, für ihm under d Nase z rybe, är vertöibi alli Lüt um sech um. Sogar di eigete Chind.

Es isch e Schand, wie me mit alte Lüt, ja, wie me mit alte Manne, umgeit. Mit ihm umgeit. Ds Läbe lang gchrampfet het er. Gäld hei bracht het er. E Familie ernährt het er. U jetze? Sy Frou isch wägg. Syner Chind sy wägg. Un är mues hie darbe. Hie, wos ihm nid gfallt u ihm nid wohl isch. Gar nid wohl isch.

Programm heige si, hei si ihm gseit. Spile, Sport, Rätsel, Baschtelzüüg, hei si ihm aatreit. Aber är wott nüüt. Grad z Trotz nüüt. Di sölle nämlech nume nid meine, ihm gfallis de uf z Mal no hie, i däm Alteghütt.

«Weit er no es Zvieri, Herr Schwarz?» Är luegt uuf. Gseht d Frou Marti. Eini vo de Pflegerinne.

«Sicher nid!», pängglet er ihre a Chopf.

«Es Gaffee? U derzue es Wiehnachtsgüezi? Wäri so ne Zimetstärn nid öppis für öie Seelefride?», probierts d Frou Marti no einisch.

«Höret uuf mit öiem Seelegschmöis. Bruuche nüüt. Göht!», ghört er sech säge, obwohl er liebend gärn es paar Güezi hätti ggässe. Si sy nämlech fein. Är het se scho probiert. Aber nume wes niemer gseh het. Är ässi nüüt Süesses, het er de Aagstellte vo Aafang aa klar gmacht – obwohl er eigetlech äbe grad d Wiehnachtsgüezi sehr gärn hätti gha. Si erinnere ne zwar …

Nid wyterdänke! Isch Gschicht. Isch Vergangeheit.

«Hesch Erger?». Di Frag holt ne us syne Gedanke use.

Vor ihm chnöilet es chlyses Meitschi. Mit chruslige schwarze Wuschelhaar. Es treit es farbigs Röckli u luegt ne mit syne bruune Ouge vo unde ueche aa.

«Bisch truurig?», fragts wyter.

«Nei.» Es ergeret ne, dass da so ne junge Trübel vor ihm grüppelet u ihm Frage stellt. Wäm ghört äch das Chind? Het das ke Mueter, wos zruggpfyfft? Är wott nid mit ihm rede.

«Machsch es Gsicht wie …», seit das Meitschi, luegt ne aa u leit sy Chopf mal uf di einti, mal uf di anderi Syte. «Machsch es Gsicht wie – ne Griesbrei ohni Zimetzucker. Genau. Ohni Zimetzucker.»

«So. U wiso de grad Zimetzucker?», ghört är sech frage, obwohl er ja überhoupt mit niemerem wetti rede.

«Zimetzucker macht dass der Griessbrei fein isch.»

«U ohni dä isch er das nid?»

«Ohni Zimetzucker isch Griessbrei griesgrämig. Wie du. Aber Zimetzucker macht ne süess. O di.» Zu dene Ussage weiggelet das Meitschi wider mit em Chopf, grüppelet aber geng no vor ihm uf em Bode.

«Was bin i jetze? Griessbrei oder Zimetzucker?» Wiso redt är mit däm Meitschi? Är weis es nid.

«Griessbrei natürlech!»

«Nume Griessbrei?»

«Ja, nume», seit das Meitschi dezidiert.

«U de der Zimetzucker?», fragt er nache.

«Dä fählt der. Nei, das isch lätz. Är fählt nid. Du hesch ne nume vergässe drufzströie.»

Är seit e Momänt nüüt. Wil er grad mues drüber nachedänke, was das Meitschi gseit het. Wyt chunnt er aber nid mit dänke.

«Wie heissisch du?»

«Röbel», git er e chli churzaabunde zrugg. Eigetlech närvts ne, das chlyne Ding. U glych interessierts ne. Fasch wie d Wiehnachtsgüezi. Di hätti är o gärn. Aber zeige, dass das eso isch, wott er nid. Um z verrode nid. Di müesse nid meine, si chönni ihn mit so Züüg choufe. U das Meitschi mues o nid meine, dass es ne mit sym Zimetzucker chönnti bewege ...

«Röbel? Röbel! Das tönt wie Räbel. Oder Gröbel. Passt aber nid zu Griessbrei u Zimetzucker. Mhhh ... Röbel. Gröbel. – Röbel – i. Genau. Du heissisch nid Röbel. Du heissisch Röbeli.»

«Passt de Röbeli ehnder zu Griessbrei oder zu Zimetzucker?», lat er sech uf di Wortspilerei y.

«Röbeli passt zu Zimetzucker. Aber dys Gsicht gseht ja geng no us wie Griessbrei. Lächlisch du nie?»

«Nei!» Röbel erchlüpft sälber ab syre herte Antwort. «Es isch mer nid um z lache», hänkt er drum no aa.

«Aber de verpassisch ja der Zimetzucker. Lache isch gsund, seit my Grossätti.»

«We dä meint ...»

«My Grossätti meint nid. Dä weis es.»

«Was macht de dy Grossätti, dass är das so sicher weis?»

«Är ligt u lächlet.»

«U süsch no?»

«Süsch nüüt. Mol, mängisch tüe si ne no i ne Stuehl

37

setze u schiebene zum Fänschter. De luegt er use u de lächlet er no e chli meh.»

«Isch er de chrank, dy Grossätti?» Wiso redt är äch mit däm Meitschi? Wenn het er äch ds letschte Mal mit emene Chind so vil gredt? Sys Jahre syder?

«Jä wohär. Är isch eifach alt, seit ds Mueti. Rede tuet er nümme vil. Aber lächle. U jedes Mal, wen er mii gseht, lächlet er e chli meh. Är isch drum fasch nume Zimetzucker. U das gfallt mer. Drum gahn ig ne öppe einisch ga bsueche.»

«Wie heissisch de du?» Was gwunderet er ömel o? Alte Gstabi was er isch.

«Amelie. Mit i-e. Aber dä seit me nid. Röbeli u Amelie. Griessbrei u Zimetzucker.» Das Tschäderli lachet über ds ganze Gsicht, summet e Melodie u widerholt derzue: «Röbeli, Amelie, Griessbrei u Zimetzucker! Röbeli, Amelie, Griessbrei u Zimetzucker! – Uh, i mues doch zum Grossätti. Si hei drum vori gseit, i müessi no e chli warte bis er parat sygi. U jetze han ig mi hie versuumt. Tschüss!», seits, steit uuf u wott gah.

«Wart!», ghört er sech säge. «Chunnsch wider einisch?» Wiso um alls uf der Wält fragt är so öppis?

«Aber nume we du nid nume Griessbrei bisch sondern o e chli Zimetzucker. Üebsch es?»

«I üebe.» Was macht är da?

«Versproche?»

«Versproche», ghört er sech säge.

D Amelie gümperlet dervo un är ghört, wies geng no liedet: «Röbeli, Amelie, Griessbrei u Zimetzucker! Röbeli, Amelie, Griessbrei u Zimetzucker!»

«Es härzigs un es ufgstellts Meitschi, das Amelie,

gället?», seit d Frou Meier, wo vo der Syte här zu ihm chunnt.

«Scho», drückt er füre.

«Heit dir jetze es Gaffee wölle?», fragt ne d Pflegere.

«Ja.»

«Oh, schön. Das fröit mi.» Me gseht der Frou Meier aa, dass si erstuunt isch, dass der Robert Schwarz doch äntleche einisch öppis aanimmt.

«Heit er vilich no e Zimetstärn?», brösmelet er füre.

D Frou Meier isch no grad einisch überrascht.

«I wil ga luege», seit si.

«Es isch drum wägem Zimetzucker.»

Zimetzucker (2)

Nid emal d Spitex het meh wölle hälfe. U o da sygi är dschuld, het d Lise gseit. Derby ...

D Spitex isch d Lise cho understütze, wil die gseit het, si mögi nümme u bruuchi Hilf. Är isch ja nid dere Meinig gsy. Schliesslech, für was het me Lüt i der Umgäbig. U Chind. U ... Ja, u wär süsch no? Är het du wohl oder übel müesse ywillige di Hilf i Aaspruch z näh.

U da het du sys Eländ sy Louf gno.

D Spitex het e härzegi, jungi Frou gschickt. Gwärchet, so hets ne dünkt, het die zwar nid grad vil u isch drum – ömel für e Hushalt – älwä nid eigetlech e Entlaschtig gsy.

Ihm hets aber du glych aafa gfalle. Einisch wider mit ere junge Frou chönne z brichte, luschtig z sy, Gspässli z mache, das het ihm passt. Hushalt mache hin oder här. Für ihn isch di Frou nid Hushalts-, sondern Underhaltigshilf gsy. Dass das der Lise nid passt het, isch ihm natürlech o klar gsy. Si het ja geng öppis z meckere gha, wen är sech es Fröideli ggönnt het.

Är het se begährt, di Spitex-Frou. Zersch nume mit Wort. Du het er ihre albe Chlynigkeite parat gmacht gha, wo si isch cho. Het ere di Gschänkli zuegsteckt. Natürlech ohni dass es sy Frou gmerkt het. Si het se gno – u ihres feinschte Lächle ufgsetzt. Herrlech isch das gsy. U guet ta hets ihm.

Won er ihre du allerdings e zarte Tätsch uf ihres ufreizende Füdli ggä het, isch das Lächle blitzartig verschwunde. Si het ne aapfuret u ihm klar gseit, dass das nid göngi u dass si das absolut nid mögi ha. Das het ne aber nume no meh ufgchratzet. U bi der nächschte Glägeheit het er se du wölle umarme …

Är gspürt ne geng no. Nei, nid ihre Körper. Der Chlapf gspürt er, wo si ihm ggä het. Di jungi Frou het ne gchläpft. U zwar nid nume e chli. Si het wyt usgholt u ne voll preicht. Es het ihm weh ta. Inne u usse. Si het nume no gseit, si göngi u künftig wärdi öpper anders cho. Si isch wäder toube gsy, no erschütteret, no ufgregt. Si het das so glasse gseit, wie we das ds Normalschte vo der Wält wäri. Das het ihn – näbscht der surrende Backe – am meischte möge.

Wo sy Frou gmerkt het, was da abgloffe isch, het si ne o no abputzt. Was für ne unmügleche Möff är doch sygi, het si ihm gseit. E alte Glüschteler syg er. Un es sygi guet, dass ihm jetze äntleche öpper anders heigi zeigt, dass är sech nid geng nume das chönni näh, won är grad wölli. Si sygi froh, dass ihm äntleche öpper Paroli bbotte heigi. Si hätti das nämlech jahrelang gärn gmacht, wen är ihre z nach sygi cho u sech egoistisch das gno heigi, won är grad Luscht heigi gha druf. Aber d Chraft derfür heigi si nid gha, het si gseit. Du het si grännet. Öppis, won är sowiso nie het möge verlyde vonere.

Nach däm Chlapf isch es du schnäll ggange. Sy Frou het gseit, si mögi der Hushalt nümme elei mache. O nid mit der Spitex. U vo ihm heigi si ja ke Hilf, wil är ja nüüt machi.

O das het ne möge. Är isch nämlech der Meinig gsy, dass er nid nüüt gmacht het. Um ds Huus um gwüscht het er geng öppe. Schnee gruumt o. U o we öppis kaputt isch gsy, het ers gflickt. Aber äbe. Undank ist der Welt Lohn.

Sy Frou het du düregschtieret, dass si i ds Altersheim het chönne. D Spitex – u nid zletscht di jungi Frou – hei se derby undershtützt.

Was het er du wölle, elei i dere Wohnig? Ohni Hilf? Choche het er nid chönne u wösche nid wölle. D Hushaltig isch Frouesach. Das isch geng eso gsy u da dranne het er nüüt wölle u – wen er ehrlech isch – o nüüt chönne ändere. Es isch ihm du halt nüüt anders übrig bblibe als o yzwillige, i ds Altersheim z zügle. Aber da het ne du scho di nächschti Katastrophe preicht. Ja, preicht. U zwar no heftiger als der Spitex-Chlapf.

Sy Frou het nämlech erklärt, si heigi jetze füfzg Jahr zu ihm gluegt. Jetze sölli das anderi mache. Si mögi u wölli nümme. Si wölli elei sy u wärdi ines anders Altersheim zügle als är. Dischtanz bruuchi si. Nach all däm …

Ja, nach all däm, het si gseit. Derby isch är ja dä gsy, wo ihre ihres bishärige Läbe ermüglechet het. Är isch ga wärche. Är het ds Gäld hei bracht, damit si het chönne der Hushalt schmeisse. Äär het uf mängs müesse verzichte.

U jetze isch si wägg. Syt emene halbe Jahr läbt si dert. U syt es paar Monet läbt är hie. Trennt! Trennt vo syre Frou. I sym Alter.

Es Eländ isch es!

Är isch ufgwüelt. Verruckt. Weis nid wohäre mit syne Gfüel. Mit syre Verrückti.

Jetze hocket er uf sym Stuehl u cha sech nid bewege. Isch wie blockiert. Blockiert wäge syre Frou, der Lise.

Vori het si ne bsuecht. Het ihm es Wiehnachtspäckli bracht. U het mit ihm wölle dorfe. Het gsüüslet, gfinöggelet u het ihn ume Finger wölle lyre. Sii, wo no vor es paar Wuche nümme vo ihm het wölle wüsse. Sii, wo ihn im Stich gla het. Sii, wo nümme mit ihm het wölle z tüe ha. Sii, grad sii chunnt churz vor Wiehnachte zu ihm u wott mit ihm dorfe. U du het si sogar no d Höchi gha, ihm es Päckli i d Händ z drücke.

Är het e Verrückti i sich inne gspürt, wie scho lang nümme. Het ere wüescht gseit. Het ihre gseit, dass si ne im Stich gla heigi, nach all däm, won är sys Läbe lang für se ta heigi. Het ihre gseit, was si für ne himmeltruuregi Täsche sygi. U du het er ds Wiehnachtspäckli, ohni ses überhoupt ufta z ha, i Egge undere Wiehnachtsboum gschlöideret. U dert drunder ligts geng no.

D Lise isch du ufgstande, het ihre Rolator gno, het sech no einisch zu ihm dräit u ihm gseit: «Schad, dass du di nid chasch wyterentwickle. Bisch geng no der glych ängstirnig Griesgram. Ja nu. Häb glych e schöni Wiehnachte.» Du het si sech umdräit u isch mit ihrer

Gehhilf zum Ufenthaltsruum us gäge ihres Dehei träppelet.

Si isch ihm dervogloffe. Ja, dervogloffe isch si. U isch nid hie bi ihm bblibe. I sym Dehei. Isch i ihres Dehei.

Sy Frou!

Sy Frou läbt nümme mit ihm zäme. Het eigeti vier Wänd.

Eigetlech himmeltruurig, dänkt er einisch meh, wen er über sy Situation nachedänkt. Är isch hie im Altersheim u sii läbt im andere Altersheim. Nume e guete Schybeschuss wägg. Läbt inere andere Gmeinschaft. Trennt vo ihm. Un är isch hie. Mueterseele elei. Elei gla het si ne. Ja, schändlech im Stich gla het si ne. Nach über füfzg Jahr. Jetze, wos ihm nümme eso guet geit. Jetze, won är ihri Hilf am Nötigschte hätti gha. Jetze lat si ihn elei.

Himmeltruurig!

«Hilfsch?» E alte Maa steit vor ihm. Mit emene Jassspiel i der Hand. «Mir bruuchti no eine für ne Schieber z mache. Hättisch nid Luscht?»

«Nei!», seit er hert. Mit däm jassen ig sicher nid. Är kennt ne vo früecher. Het öppe einisch mit ihm z tüe gha. U het ne scho denn nid möge. Krach hei si zwar nie gha zäme. Aber me mues ja o nid grad Krach ha für z merke, dass me enand nid mag.

«Es täti dir doch guet, e chli mit anderne zäme öppis z mache. Hockisch ja geng elei u stierisch vor di häre. Chumm, raff di uuf u hock zue nes. Es würdi nes fröie.» Dä alt Maa tönt gar nümme eso wie früecher. D Stimm isch zwar scho no di Glychlegi. Aber d Art het sech veränderet. Früecher het dä e militärische Ton gha. Befohle het er. U das isch ja das gsy, won är nid het möge verputze a ihm. Aber hüt? Är tönt weich. Gmüetlech.

Söll er?

«Dir chöt sälber jasse. Jasse isch mer z blöd!», seit er sym Gägenüber.

«Ja nu. De tüe mer halt bietere. Vilich chunnsch de es anders Mal.» Wiso tuet dä so aaständig? Suecht er äch Kontakt? Wott er a ihm öppis guet mache vo früecher?

Es isch ihm glych, un är seit nümme zuenem. Du gseht er, dass dä a Tisch übere träppelet u de beide andere älwä erklärt, dass är nid wölli jasse. Di Zwee luege nume churz zu ihm übere, schüttle der Chopf u du nimmt eine d Charte u verteilt se.

Jasse würdi är scho gärn. Är het das früecher öppe einisch gmacht. I der Wirtschaft, nachem Fyrabe, wes ne no nid gluschtet het gha, hei zu syre Familie, zu syne lärmende, gnietige Chind z gah. Aber hie, im Altersheim? Sicher nid. Mit dene zäme jasse, wo zwüschyne nid emal meh wüsse, was scho gloffe isch. Da würdi är sech nume grüen u blau ergere ab dene Lööle. U das bruucht er nid. Gar nid!

Röbel hocket geng no uf sym Stuel. Är stieret zum Fänschter us – u luegt zwüschyne heimlech zum Wiehnachtsboum übere.

«Sälü du Griessbrei-Röbeli!», laferet es härzigs Stimmli. «Geng no ke Zimetzucker? Derby hesch doch versproche, dass du e chli wöllisch üebe. Hesch nid?»

Oh, das Läferli! Ds Amelie! Äs hocket im Schnydersitz vor ihm u luegt zu ihm ueche.

«Momol, i ha scho e chli güebt. Aber es glingt mer no nid geng», brösmelet er füre. Es Spüürli vomene Lächle zeigt sech a syne Muulegge.

«Muesch halt no meh üebe. Üebe isch guet, gäll?» Der letscht Satz het ds Meitschi nid zu ihm gseit, sondern zumene chlyne, blonde Barbie-Bäbi, wos im Arm treit.

Du seits wider zu ihm: «Das isch d Steffi. I ha se vom Mammi übercho. Zum Geburtstag. Weisch, i ha vor zwo Wuche Geburtstag gha. U zu der Wiehnachte überchumen ig de vilich no es zuesätzlechs Chleidli für d Steffi. – Hesch du o Geburtstag?» Dä Satz het d Amelie mit emene höche Stimmli gseit u dermit d Steffi la frage.

«Steffi, du bisch e Gwundernase!», schimpft d Amelie mit ihrem Bäbi.

«Gschyder e Gwundernase als e Gäxnase», ghört är sech säge.

«Ja, d Steffi isch zwüschyne o no e Gäxnase, da hesch du scho rächt.»

«Hesch du o Geburtstag?», piepsets wider.

«Natürlech. Jede Mönsch het e Geburtstag.» Nachdäm er das gseit het, wirds e Momänt still. D Amelie mues dänke.

«Wenn isch äch de der Geburtstag vo der Steffi?», fragt si nachdänklech. Aber ehnder zu sich.

«Eh, d Steffi het doch am glyche Tag Geburtstag wie du. Isch doch logisch.» Wo nimmt är äch di Logik här? Är wunderet sech ab sich sälber, dass er so redt. Dass er überhoupt mit däm chlyne Chind redt.

«Eh natürlech! Amelie, du bisch doch es Babi», piepsets.

«Nei, du bisch ds Babi», proteschtiert jetze d Amelie luthals.

«Nei, i bi nes Bäbi.» Das Mal es luts Pieps.

«Du bisch doch kes Bäbi, du bisch doch es Barbi.»

Är spinnt älwä, dass er sech uf so nes Gspräch ylat. U glych gfallts ihm, mit dene zwöine e chli z lafere.

Är dänkt a di Zyt zrugg, wo syner Chind i däm Alter sy gsy. Het är o einisch uf di Art mit ihne gredt, gspilt, Rollespieli gmacht? Är weis es nümme. Dass er sech aber meh mit ihne hätti sölle abgä, isch er sech bewusst. U dass er ihne nid geng hätti sölle verbiete, verwehre, se massregle se z rächtwyse, ja, dass är e chli grosszügiger, vilich sogar e chli lieber hätti sölle sy zuene, das merkt er. Das weis er. Vilich würde si ne o einisch cho bsueche, wen er …

«Griessbrei!» D Amelie zupft ne a syne Hose u luegt ne mit ärnschte Ouge aa.

Du seits zu der Steffi: «Weisch, Steffi, dä Maa het nid Erger. Dä Maa isch truurig. Der Röbeli isch truurig. Nei, nid der Röbeli, der Röbel isch truurig. Wen er Röbeli wäri, wäri är Zimetzucker. Jetze isch er aber nume Griessbrei.»

«Wiso isch de dä Maa truurig?», piepsets.

«Das weis i äbe o nid. Aber frag ne doch einisch.»

«Liebe Maa, wiso bisch du truurig?»

Är seit lang nüüt. Was wott er säge? Wott er säge, dass er truurig isch, wil ihm ds Läbe übel mitgspilt het? Wott er säge, dass syni Lise nümme bi ihm isch? Dass si ihm vori es Wiehnachtspäckli bracht het, wo jetze underem Wiehnachtsboum ligt? Wott er säge, dass er truurig isch, wil si ne hei wölle frage für z jasse, ihms der Gring aber nid zueggä het, zuezsäge? Wott er säge, dass er truurig isch, wil er merkt, dass er niemer meh het, dass er alli Lüt um sech um vertöibt het? Dass sech alli Lüt vo ihm abwände. Sogar syner Chind. Sogar sy Frou ... Wott är das däm Chind mit sym Barbie säge?

«I ha nes Wiehnachtsgschänk übercho», brösmelet er füre. Är weis nid warum er das seit. Es isch ihm eifach usegrutscht.

«Ja, das isch natürlech scho ne Grund, truurig z sy. Himmeltruurig isch es, we me es Wiehnachtsgschänk überchunnt», gigelet d Steffi.

«Steffi! Tue nid so fräch zu ihm. Du bisch no es Chind. U gägenüber alte Lüt isch me aaständig.»

«Isch me? Wär seit das?» O wider e Frag, wo der Röbel nid weis, warum er se stellt.

«D Amelie seit das.»

«Mys Mueti seit das.»

Ds Bäbi u ds Meitschi antworte nachenand.

«Chabis!», seit Röbel.

«Bi Chabis lächlisch. Aber bi Griessbrei nid. Hesch gärn Chabis?» D Amelie fuchtlet ihm mit der Steffi, wo di Frag gstellt het, vor em Gsicht desume.

«No lieber hätti Zimetstärne. Mit Zimetzucker druffe», brummlet er. U won er übere luegt zum Wiehnachtsboum, zum Tischli näbe dranne, wo d Wiehnachtsgüezi stöh, huschet es fyns Lächle über sys Gsicht.

«Oh, es Zimetstärnlächle!» D Amelie jublet u macht sech uf e Wäg zum Tanneboum.

Es bringt drei Zimetstärne. «Eine für e Röbeli, eine für d Steffi u eine für mi», zellt si uuf u fahrt wyter: «Was isch de i däm Wiehnachtsgschänk gsy?»

«Steffi, du bisch scho wider e Gwundernase», tadlet d Amelie.

«Oder e Gäxnase. So wie du eini bisch», lächlet der Röbel.

«Är het scho wider glächlet. Heschs gseh, Steffi? Der Röbeli het scho wider glächlet. Der Zimetzucker würkt. Der Zimetzucker würkt.» D Amelie steit uuf, nimmt e Gump u dräit sech lachend es paar Mal um di eigeti Achs. Derzue hüpft si uuf u ab, dass d Haar vo der Steffi nume so im Züüg desume flüge. Du grüppelet si wider ab.

«Was isch i däm Wiehnachtsgschänk gsy?», wott jetze o d Amelie wüsse.

«I weis es nid», brösmelet er füre.

«Hesch es de no nid ufta?»

«Wosch warte bis zu der Wiehnachte?»

«Wo hesch es de?»

«Was isch äch drinne?»

Die Frage chöme abwächsligswys vo der Amelie u vo der Steffi.

«Es ligt dert drunder», seit er nume u luegt übere zum Wiehnachtsboum.

«Was macht de das dert, so elei?»

«Sölle mir ders reiche?»

«Wosch es nid uftue?», schnäderets wider.

Ohni e Antwort abzwarte steit d Amelie uuf u gümperlet mit der Steffi zäme übere zum schön gschmückte Wiehnachtsboum. Vor dranne blybe si churz stah. Du schnaagge die Zwo undere Boum u chnüble das schön ypackte Wiehnachtsgschänk drunder füre.

Wo si wider bi ihm sy, leit d Amelie das Päckli em Röbel uf e Schoss u du warte di drü e Momänt.

Vom Näbetisch här ghört me, wi eine d Stöck wyst. Süsch isch es still.

Der Röbel leit syner ruuche Händ uf das Päckli u luegt drufache. Syner Ouge wärde langsam wässerig. Aber das wott er uf gar ke Fall. Gränne! Gränne vor dene beide Meitschi. Sicher nid. Är nimmt sech zäme. Schliesslech isch das Päckli, wo da uf sym Schoss ligt, es blöds Wiehnachtsgschänk vo syre Lise. Mit irgend so emene Quatsch drinne.

«Gäll, das isch es bsundrigs Gschänk?» D Amelie erwartet d Antwort nid ab. Si cha se a Röbeli sym Gsicht abläse. «Los, mir zwo müesse wyter. Üse Grossätti wartet uf nes. I wott ihm drum d Steffi ga zeige. Das wird ne de fröie. Aber Steffi, de nid gäxnäsele. U o nid gwundernäsele, gäll. Steffi, seisch em Röbeli no adiö?»

«Adiö Röbeli! U geng e chli ds Lächle üebe, gäll?», piepset d Steffi.

«Übermorn isch ja Wiehnachte. Da bringe mir de em Grossätti es Gschänkli. U de chöme mer o no zu dir. Aber nume we du nid nume Griessbrei bisch sondern o e chli Zimetzucker. Oder o e chli Chabis. Isch ja glych.»

«Üebsch es?», piipset d Steffi.

«I üebe.» Röbel het e chratzegi Stimm.

«Versproche?», fragt d Amelie.

«Versproche», ghört er sech säge.

D Amelie gümperlet dervo u schlingget derzue d Steffi uuf u ab. Är ghört, wie das Meitschi singend geng wider widerholt: «Röbeli, Steffi, Amelie. Chabis, Griessbrei u Zimetzucker! Röbeli, Steffi Amelie. Chabis, Griessbrei u Zimetzucker!»

Zimetzucker (3)

Dusse schneierlets fyn. Es git älwä e wyssi Wiehnachte. Wenn het är äch ds letscht Mal e wyssi Wiehnachte gfyret? Röbel weis es nümme. Wotts eigetlech o nid wüsse. Gfüelszüüg isch no nie sys Ding gsy. Es schneit dusse. Punkt. Das mues länge.

«So, da wäri öie Gaffee. U Wiehnachtsgüezi han ig nech o no bracht. Heit e Guete u gniessets», seit ihm d Pflegere u lächlet ne derzue warm aa.

Es isch ds erschte Mal, dass er öpperem grüeft het, für ihm es Gaffee z bringe. Eigetlech hätti är das nid wölle. Es geit ihm gäge Strich. Är wott mit niemerem z tüe ha. Wott elei sy. Si hei ne elei gla u de sölle si nume gseh, wie elei dass si ne gla hei.

Vori isch ne e Frou cho frage, öb er mit ere use es paar Schritt chömi cho loufe. Elei sy sygi nid guet, het si gseit. Är kennt se scho lang. Si isch Witfrou. Scho syt Jahre. E Gäbegi isch si. U isch scho geng e Gäbegi gsy. Aber ga loufe mit ere het er nid wölle. Nei, das sicher nid. Es sölle nume alli gseh, wies ihm geit. Elei. Wie elei gla worde dass er isch.

Warum isch er eigetlech so ne Griesgram? So ne Gnieti. Oder, wies sy Frou öppe einisch gseit het, e rumpelsurige alte Möff? Isch er scho geng eso gsy? Isch das aagebore? De chan er ja gar nüüt derfür, dass er so isch, wien er isch.

Oder het är sech di Herti, di Sachlechkeit, di Unnahbarkeit über all di Jahrzähnt sälber zuegleit? Sy Frou het ihm ja öppe einisch fürgha, dass me mit ihm früecher hätti chönne ga Ross stäle – hütt göngi är nid emal meh mit ihre usswärts ga ässe. Früecher heigi är no

Kollege gha – hütt wölli ja niemer meh mit ihm öppis z tüe ha. U schlussändlech het ja o sii nümme mit ihm öppis wölle z tüe ha.

Mit ihm wott niemer meh öppis z tüe ha.

U das isch o guet eso! Är wott ja o mit niemerem meh Kontakt ha. Punkt.

U we d Amelie wider chunnt? Wäri si de truurig, wen är ds Luschtigsy nid güebt hätti?

Aber si chunnt sicher nümme. Wie alli andere o nümme chöme. Mit ihm chame nid.

Derby het er früecher rächt vil Lüt um sech um gha. Het mitgmacht. Isch derby gsy. Isch aber o scho denn aagegget. Wil er geng gseit het, was er dänkt het. Nei, vilich isch das lätz gseit. Är het nid gseit, was er dänkt het. Är het vilmals gredt, bevor er dänkt het. U deheime het er sech de albe gfragt, wiso dass er jetze scho wider so vil glaferet heigi u wiso dass er de meischtens gäge d Meinig vo de Andere gredt heigi. Wiso dass er geng dergägegredt heigi. Das het er sech gfragt.

Dergägerede. Ja, das het er chönne. U chas geng no. We sy Frou öppe einisch öppis gseit het, de het ers meischtens hinderfragt. Isch meischtens nid yverstande gsy. Het e andere Vorschlag gmacht – wo me de meischtens o umgsetzt het. O we dä eigetlech vil schlächter isch gsy als dä, wo sii bracht het gha.

Warum het er de eso reagiert? Wil er anderi Meinige nid het wölle la gälte? Wil nume sy Meinig gulte het? Älwä scho.

«Solang mir niemer ds Gägeteil cha bewyse, isch das, won i säge, d Wahrheit.» Wie mängisch het er äch dä Satz scho usegla? U wie mängisch het er gmerkt, dass syner Gägenüber i so Situatione es faads Lächle ufgsetzt u sech langsam vo ihm abgwändet hei? Wott drum niemer meh mit ihm öppis z tüe ha? Het ne drum niemer meh gärn?

Är heigi alli Lüt um sech um vertribe mit sym ekelhafte Tue. Mit syre Bhouptigrinderei. Mit syre egoistische Wahrheitsbhouptig. Das het ihm sy Frou vorgworfe, bevor si i ihres Altersheim züglet isch. Grad wie wen är dschuld wäri, dass är elei isch. Sii het ne elei gla. Sii isch ihm dervo. Sii! Nid är!

«Sälü Röbeli!», rüeft e Chinderstimm. Der Röbel luegt wohär si chunnt. U du gseht er, dass d Amelie, das luschtige, ufgstellte Meitschi, ihm scho vo wytem rüeft u winkt u jetze chunnt cho z springe.

«Hallo du Lusmeitschi!» Em Röbel warmets, won er das luschtige Chind gseht häregümperle. «Schön, dass de chunnsch. Oh di armi Steffi. Die wird de rächt desumegschüttlet.» Är mues lache, won er gseht, wie d Amelie d Steffi uuf u ab katapultiert. Si wirft se höch i d Luft, chlatschet i d Händ u faat se wider.

«Das isch ja fasch zirkusryf!» Em Röbel gfallts, wie das Chind vor ihm Gabriole macht.

Aber är wott ja gar nid luschtig sy. Im Gägeteil! Drum schrysst er wider e Mouggere.

«Was hesch hütt scho gmacht?» Es isch d Steffi, wo fragt. D Amelie het ihm das chlyne Barbie-Bäbi vor ds Gsicht.

«Nüüt.» Das isch zwar älwä nid di richtegi Antwort. Aber passe tuet si. Är macht nüüt. Hocket eifach hie u schlaat der Tag z tod. Si wei zwar geng, dass er öppis macht. Spile, baschtle, rede, loufe, turne u so Züüg. Aber är wott nid. Är het nid da häre wölle cho. U wil er mues hie sy, müesse die nid meine, dass er jede

Chabis mitmacht. Sicher nid. Wen är scho hie mues sy, de so, wien är wott. U das isch grad geng ds Gägteil vo däm, wo sii wei.

«Wiso machsch du nüüt? Das isch doch längwylig.» D Steffi schüttlet sech. Ihrer blonde Haar flüge wild im Züüg desume.

«Nei, isch es nid.» Trotzchopf, ghört er sy Frou säge.

Isch er würklech so ne Trotzchopf? Oder isch er sogar e elände Chotzbrocke, wien ihm öppe einisch d Kollege a Gring pängglet hei? Ja, die zeige sech o nid. Bsuech het er sowiso no nie übercho, syt er hie i däm Altersgfängnis hocket. Ussert vo syre Frou. Aber die bruuchti är eigetlech o nümme. Sii ihn ja schynbar o nid. Di söll jetze nume ohni ihn uscho. Si hets eso wölle u de söll sis jetze eso ha. Söll sälber gspüre, was si a ihm verlore het.

«Trotzchopf», piepset jetze d Steffi u me gseht der Amelie aa, dass si weis, dass si gägenüber em Röbel viich e Gränze überschritte het.

«Meinsch?», fragt dä aber nume troche.

«Vilich scho e chli. Hilfsch e chli spile?» D Amelie bättlet.

Was söll er säge? Eigetlech möchti är nid. U glych isch es ja härzig, we d Amelie u d Steffi chöme cho läferle. U schön isch es ja o, we si mit ihm wei spile. D Amelie isch es ufgweckts Chind.

«Hesch Schmärze?» D Steffi fragt ne das u d Frag nachem Spile schynt scho wider vergässe z sy.

«Nei, Schmärze han i kener.» U das stimmt o. Är isch eigetlech rächt gsund. Natürlech zwickts hie, da u dert e chli u langsamer isch er o worde. Ja, u unsicherer o. Aber Schmärze het er kener. Zum Glück.

«Warum lachisch de nid, we de doch kener Schmärze hesch?» D Amelie würkt ärnscht.

«Mues me lache, we me kener Schmärze het?»

«Natürlech, seit my Grossätti. U dä lachet vil – wil er äbe o kener Schmärze het. Aber du? Du hesch kener Schmärze u lachisch nid? Warum de nid?»

«Amelie, das Mal bisch aber de du d Lafere», seit d Steffi. «Muesch doch der Röbeli nid eso usfrage. Wär nid luschtig isch, isch nid luschtig. Sälber dschuld. Lache würdi zwar nüüt choschte u miech o nid Müei. Aber we mes nid wott la lache, de lachets halt nid.»

«Oh, du mit dyne Wysheite. Der Röbeli lachet nid u das tuet mer dänk weh», seit ds Meitschi u macht es schmärzverzerrts Gsicht.

Es tuet der Amelie weh, wen är nid lachet?

«Wiso tuet dir das weh?», ghört er sech frage.

«Wär nid lachet isch truurig. U truuregi Lüt man i weniger guet als luschtegi. Drum probieren i albe d Lüt zum Lache z bringe. De man ig se besser.»

«De sötti lache, damit du o lachisch? U wen i nid lache, bisch du truurig?»

«Natürlech. U d Steffi de o no grad. Si grännet albe fasch, we si truuregi Lüt gseht. De macht si Gabriole u probiert eso d Lüt zum Lache z bringe.» D Amelie steit uuf, wirblet d Steffi dür d Luft u macht mit ere Gabriole.

Die Amelie isch scho nes gwitzts Meitschi. Wär isch äch ihm sy Grossätti? Kennen ig ne? Söll se frage?

«Wie heisst de dy Grossätti?»

«Grossätti natürlech», macht d Steffi, wo si wider vorem Gsicht vom Röbel desumetanzet.

«Eh Steffi, du bisch doch es Blödeli. Grossätti isch

doch ke Name. Das isch ... das isch ... Grossätti isch eifach Grossätti. Aber heisse tuet er Max Bolliger.»

«Der Max isch dy Grossätti?», fragt er verwunderet.

«Kennsch du ne?»

«Ja natürlech. I kenne ne scho syt Jahre. Mir hei vor vilne Jahr mitenand z tüe gha. Är isch geng e früntleche u hilfsbereite Maa gsy. Un är isch hie i däm Altersheim? I ha ihn no nie gseh.»

«Ja. U scho lang isch er hie. Är cha aber äbe nümme ache cho. Mues geng i sym Zimmer inne blybe. Vilich geisch ne ja einisch ga bsueche. Chasch ne ja de ga frage, wie me das macht mit em Lache.»

Oh, das Läferli! Es tuet ihm bis ganz wyt yne guet, wen er das junge Mönschli da vor sech gseht. So fröhlech u unbeschwärt. U glych mit sonere grosse Wysheit, dass er mues stuune drüber. Isch äch sy Tochter i däm Alter o eso gsy? Är weis es nümme. Mag sech nümme dra erinnere.

«Gäll, Steffi, der Grossätti isch e liebe?» D Amelie luegt ds Barbie-Bäbi aa.

«Nid nume lieb. Luschtig-lieb isch er. Es richtigs chlyns, alts Gäderhächi», piepset d Steffi.

«Wohär hesch du ömel o das luschtige Wort?» Der Röbel lachet lut use.

«Hallo zäme», tönts vo wyter wägg. E elteri, grauhaaregi Frou stosst ihre Rolator langsam vor sech häre u chunnt uf di Drü zue. «Du hesch Bsuech? Luschtige Bsuech, wien i gseh», meint si.

«Ja», seit Röbel mutz.

«Du bisch halt kes Gäderhächi, ätsch. U o ke Zimetzucker. Bisch e Suurgrauech.»

«Aber Steffi. Du bisch es böses, frächs Meitschi. So

darf me nid mit emene alte Maa rede», tadlet d Amelie.

«Säg ihms nume. Suurgrauech passt nid schlächt zu ihm». D Lise lachet.

«Wi heisset dir?» D Amelie gwunderet.

«Lise heisst si», mofflet der Röbel.

«Das isch doch ke Name, Lise. So seit me öppe ere Chueh. Aber sicher nid ere Frou.» D Amelie luegt sträng dry.

«Nei, eigetlech heissen i Marlis», meint di alti Frou, chehrt der Rolator u hocket uf sy Sitz.

«Un ig heisse Amelie! Mit i-e. Dä seit me aber nid.» Ds Meitschi rüefts so lut, dass d Lüt, wo a de Näbetische hocke, interessiert häreluege.

«Da chan i nid mithalte», rüeft d Frou lachend. «I heisse nämlech Marlis. Ohni i-e!» Du lache beidi. U me chönnti sogar meine, dass o d Steffi es Lache uf ihrem Gsicht het.

Der Röbel hocket uf sym Stuehl u verzieht ke Myne.

«Bringet dir zwo em Röbel e chli Underhaltig? Das isch de lieb vo nech. Wie heisst de dys Bäbi?»

«Steffi heissts. Un i has zum Geburtstag übercho. D Steffi isch mängisch e chli vowitzig un i mues e chli luege zuere. Süsch macht si nume Chabis. U de mues der Röbeli wider lache, gäll Röbeli?»

«Röbeli seisch du ihm? Das isch de schön. So han ig ihm früecher o einisch gseit. Denn, wo mer no jung sy gsy.»

«Un är? Het är dir o Marlis gseit?», gwunderet d Steffi.

«Ja. Das het er. U das han i gärn gha. Später bin i halt du d Lise worde. Un är der Röbel. So chas halt gah im Läbe.»

«Isch das denn gsy, wo der Röbeli nümme glachet het?»

«Ja, das chönnti scho denn sy gsy», meint d Marlis nachdänklech u luegt ihre Maa aa.

«De müesst er ja enand nume wider Röbeli u Marlis säge. U de lachet er wider wie früecher.» Der Amelie schnäderets.

«We das so eifach wäri.» Röbel chnorzets füre.

«Also so kompliziert cha das nid sy. Du seisch nümme Lise sondern Marlis u du seisch ihm nümme Röbel sondern Röbeli. De lachet er nech wider aa. Röbeli, de lachisch du wider! Griessbrei, Zimetzucker, Röbeli! Dänk doch dra: Zimetstärne mit Zimetzucker!» D Amelie schwärmt. U wil di alti Frou es fragends Gsicht macht, verzellt d Amelie ihre di ganzi Gschicht vo ihrem Grossätti, em Chabis, em Griessbrei un em Zimetzucker.

«Jö, isch das härzig. Dir zwo syt de scho zwo liebi u luschtegi Truckene», meint d Marlis härzlech.

U du fragt si ihre Maa: «Hesch du mys Wiehnachtsgschänk scho ufta?»

«Nei.» Röbel geit das Nei nid ring über d Lippe. Un är möchti eigetlech o no öppis drahänke. Chas aber grad nid.

«Nei, Marlis, muesch säge. U de no e chli Zimetzucker druftue u de passts. Wosch es probiere?» D Amelie bättlet.

«Nei, Marlis. Dys Wiehnachtsgschänk ligt dert äne underem Wiehnachtsboum. I has dert häre gleit fürs de ufztue, we du da bisch», chnorzet er füre.

Me gseht, dass sy Frou überrascht isch, wil ihre Maa älwä syt Jahre nümme so liebi Wort für se gfunde het.

Si luege enand lang aa. U jedes geit syne Gedanke nache.

Derwyle schnaagget d Amelie wider undere Boum u bringt ds Wiehnachtschänk no einisch. Si leits em Röbeli uf e Schoss u lächlet ne mit warme Ouge aa.

Röbel tuet ds Päckli ganz langsam uuf. Luegts aa. Luegt de d Marlis aa. U du lächlet er.

«Hesch gseh, Steffi? Der Röbeli isch Zimetstärn mit Zimetzucker.»

O d Steffi het es Lächle uf em Gsicht.

Oh Samichlous, du liebe Maa,
weisch, was i jetze faschgar gloube?
Wil i my Värs grad nümme cha,
sygsch wäg mir grad ganz fescht toube!
I bitte di, tue no nid gah.
La mi la nachedänke,
für wen igs vilich doch no cha –
tuesch mer de öppis schänke?

Johann Howald

Samichlous

Es schneit ganz fyn. Un es isch chalt. D Wält gseht us, wie we si i Watte ypackt wäri. Es isch so richtig wiehnächtelig.

Der Michi u sy Fründ, der Florian, hocke uf em Müürli bi der Chilche. Bis vori grad hei si mit grosse Schneechugle e Schneemaa boue. E luschtige. Zwar sitzt der Chopf e chli schreg uf em Hals. Derfür het ihm der Michi e richtegi Stupsnase i Form vomene schöne Tannzapfe i ds Gsicht gsteckt. Ds Eschtli, wo ds Muul söll darstelle, het der Florian gfunde. Es zeigt i de Egge gäge ueche. Für d Ouge hei si zwe Steine gno. Dä luschtig Schneemaa luegt dür di Ouge uf di zwe Giele ache u lost ne zue.

«Gloubsch du a Samichlous?», fragt der Florian.

«Natürlech! Was für ne Frag», meint der Michi.

«My Schwöschter het mi drum usglachet u het mer Bubi gseit, won i bhouptet ha, der Samichlous gäbis. U jetze bin i nümme ganz sicher, öb das würklech eso isch.»

«Eh, dy Schwoscht isch e Zwätschge. Si meint si sygi scho weis niemer wie alt u wie gross. Derby isch si nume zwöi Jahr elter als du. U du hesch en Ahnig – sii nid», ergelschteret sech der Michi.

Der Florian nimmt e Hampfele Splittersteindli wo am Müürlirand lige u no nid vom Schnee zuedeckt sy u schiesst se, Steindli für Steindli, uf e Wäg use.

«Si seit, dass hinder der Verchleidig vom Samichlous der Herr Tschugg, weisch, dä wo hinder der Chilche Eseli het, stecki. Der Samichlous sygi nume der verchleidet Herr Tschugg. Gloubsch du das?»

Der Michi bruucht nid lang z überlege u seit mit emene Lache: «Natürlech isch das der Herr Tschugg. Das weis doch jede. U syner Eseli kennt me ja o, wen er als Samichlous dür ds Stedtli zieht. Isch doch logisch.»

Der Florian mues das Gseite afe einisch e chli tischele u verdoue. Är het eigetlech gmeint, der Michi sägi ihm, dass es der Samichlous würklech gäbi. Aber jetze bestätiget dä ja das, wo ihm sy Schwöschter verzellt het. Är chunnt nümme drus. Drum schwygt er e Momänt u schiesst wider Splittersteindli uf e Wäg use.

Nach emene Zytli brösmelet er füre: «Aber de het si doch rächt un es git gar ke Samichlous.»

Wie us der Pistole gschosse seit der Michi: «Nei! E fertige Quatsch! Natürlech gits der Samichlous. O my Brüetsch het mer scho wölle klar mache, dass es der Samichlous nid gäbi. Aber das isch doch nid wahr! Der Samichlous gits. Punkt. Un i verstah nid, warum dass de dy Schwoscht u my Brüetsch das nid wei gseh. Di hei ömel o Ouge im Chopf u gseh, dass da der Samichlous vor ihne steit. Aber di eltere Gschwüschterte sy mängisch scho e chli komisch. Meinsch nid o?»

«U wie!» Der Florian isch froh, dass der Michi mit der Ystellig zu de Gschwüschterte o syre Meinig isch.

Aber dä mit em Samichlous ...

Drum probiert ers no einisch. Vorsichtig seit er: «Aber we der Herr Tschugg der Samichlous isch – de isch doch das der Herr Tschugg u nid der Samichlous?»

«Du bisch jetze e Liiri! Gsehsch es de nid? Der Samichlous isch der Samichlous u blybt der Samichlous. Öb da jetze der Herr X oder der Herr Y oder – wie bi üs – der Herr Tschugg drunder versteckt isch, spilt doch ke Rolle. Samichlous isch Samichlous u drum hei üser Gschwüschterte ke Ahnig, we si bhoupte der Samichlous gäbis nid.»

«Vilich hesch rächt.» Me ghörts em Florian aa, dass er no nid so ganz überzügt isch.

«Natürlech han i rächt. Un i verstah niemer wo seit, der Samichlous gäbis nid. We me ne de scho gseht. Mir gseh ömel o dä Schneemaa da vor üs u drum gits dä Schneemaa. Wil mer ne gseh. Wiso sölls de ke Samichlous gä, we mer ne scho gseh? D Mönsche sy mängisch komisch: Si gseh öppis u säge aber de dass es das, wo si gseh nid gäbi. Schreg. Ganz schreg.»

Di beide Buebe hocke no e Momänt uf em Müürli u luege ihre Schneemaa a. Jetze het o der Michi es Hämpfeli Splittersteindli i der Hand.

Chind
kenne wäder Vergangeheit
no Zuekunft.
U – was üs Erwachsene
chuum cha passiere –
si gniesse d Gägewart.

Jean de la Bruyère

Whatsapp 1

Häppy Börsdey Anja! Alls Liebe u Guete zum Geburi.
  Danke, Grosi.
Bisch am Fyre?
  No nid. Aber scho gly.
Hesch Fründinne yglade.
  Ja. Ganz e Huuffe.
Oh schön!
  Fröie mi!
Hütt isch würklech e spezielle Tag.
  Jaaaa!!!! Geburi!!!
Nid nume. Hütt isch o der erscht Advänt. Fyrisch ne?
  I fyre my Geburi!!!
Advänt nid?
  Nei.
U d Eltere.
  O nid.
Göht er de nid i d Chilche.
  Die isch meh als e Stund ewägg.
Ja u de? Dir heit ja es Outo.
  …
Bisch no da?
  Ja. Ha grad my Fründ ynegla.
Oh, hesch e Fründ?
  Ja.
Wie heisst er?
  Melokuhle.
E Südafrikaner?
  Ja.
Schön für di!
  Ja!! Also, i sötti. Är wartet. LG
Häb e schöne Tag. O ne liebe Gruess.

Whatsapp 2

Grosi, bisch no wach?
Ja. Alti Lüt bruuche nümme so vil Schlaf.
Darf i di öppis frage?
Nume hü.
Was isch für dii d Adväntszyt?
Muesch e Ufsatz schrybe?
Nei. Der Melokuhle wotts wüsse.
Isch är de glöibig.
Nei, gwundrig.
Wie du?
Gwunderiger!
Gwunderig sy isch schön.
Gäll. Also was isch für dii Adväntszyt?
Isch eigetlech z läng für uf Whatsapp z antworte.
Probiersch es glych?
Ystimmig uf d Wiehnachte.
Churz u bündig.
Gäll.
Chli meh?
E dunkli u glych liechterfüllti Zyt.
Scho besser. No meh?
Zeigt, dass me o i der Dunkelheit Liecht darf erfahre
vo däm, wo für üs uf d Wält isch cho.
Schön gschribe.
Gwunder gstillt?
Ja.
Seisch dym Fründ e Gruess?
Machen i.
De schlaf guet.
Du o.
Tschüss.

Whatsapp 3

   Geits guet, Grosi?
Ja.
   Bruuche dyni Hilf.
Schlimm?
   Nei. Geit guet. Ha e Frag.
Schiess los.
   Hesch du als Chind o Wiehnachtsgschänk übercho?
Natürlech.
   Was de?
Verschidnigs.
   Ds Schönschte?
Ds Anneli.
   Ds Bäbi, won i o gspilt ha dermit?
Ja.
   Es Wiehnachtsgschänk?
Ja.
   Vo wäm?
Vo der Gotte Emmi.
   Kenn i nid.
Scho lang gstorbe.
   De isch ds Bäbi e Erinnerig?
Ja. A my Gotte.
   Isch si e Liebi gsy?
Sehr.
   So wie ds Anneli?
Genau.
   Jöööö, härzig.
Gäll.
   Tschüss.
Häbs guet.
   Du o.

Whatsapp 4

Grosi, wie isch dy Heilig Aabe als Chind gsy?
Du fragsch Sache! D Mueter het der Boum gschmückt. Mir hei dusse gwartet. Wos glöggelet het hei mer yne dörfe – u hei gstuunet.
Heit er geng e Boum gha?
Ja. Geng.
Wyter.
Under em Boum Päckli. Nid mängs.
Heit er die grad dörfe uftue?
Uh nei! Zersch hei mer ggässe. Hamme, Züpfe u Salat.
Geng ds Glyche?
Ja. Bis i bi erwachse gsy.
U nächär? Päckli?
Geng no nid. Es Lied singe. De het der Ätti e Gschicht vorgläse. De zwöi wyteri Lieder singe. De ds Dessert. Merängge u Nydle.
U de d Päckli?
Nachem Dessert no einisch es Lied. Nächär d Päckli.
Heit dir so lang Geduld gha?
Was hei mer anders wölle?
Vorhär uspacke!
Chasch dänke! Das hätti niemer gwagt.
So sträng?
Nid sträng. Eifach e schöne Ablouf.
Chönnti nid.
Muesch o nid. Hütt sy anderi Zyte.
Schad eigetlech.
Warum meinsch?
I hätti o gärn e chli Tradition.
Isch halt e anderi Zyt gsy.
Scho. Danke. LG

Whatsapp 5

Was machsch i de Wiehnachtsferie?
  Blybe hie. Göh füre a ds Meer ga bade.
Im Dezember?
  Mir hei Summer!
Ah ja. U mir hei Schnee.
  Wetti o wider einisch, Schnee.
U d Schuel?
  Stinkt mer.
Oh je. Schlimm?
  Schlimmer.
Fröisch di uf Wiehnachte?
  Ja, will Ferie.
U Heilig Aabe?
  Mal luege.
Isch dä für di o bsundrig?
  Irgendwie scho.
Heit dir e Wiehnachtsboum?
  Mir hei Summer, Grosi.
Äbe ja.
  Hei heiss. Da bruuchts nid no Cherze.
Klar. Was machet er de am Aabe?
  Vilich Picknick am Strand.
U Päckli?
  We mer hei chöme.
Was hesch der gwünscht?
  Gäld.
Was wosch de choufe?
  Weis i no nid. Mal luege.
Schmuck?
  Vilich. Du, i sötti. Schöni Wiehnachte!
Öich o e schöni Wiehnachte. E Gruess a alli.

We Wiehnachte
ds Fescht vo der Liebi isch,
warum isch de Wiehnachte
nume a Wiehnachte?

Engelbert Schinkel

Crazy Radio

Hello folks. Hie isch d Cindy vo Crazy Radio. Crazy Radio, ds Radio für Verruckti u anderi Spinner. Hütt het mi mys Mik vor e Gymer tribe. I stah uf em Pouseplatz usse u probiere verschideni Gymeler zue mer z loke. U zwar mit der aktuelle Frag: Was bedütet dir Wiehnachte?

Hie räklet sech scho di erschti Interviewpartnere vor ds Mik. Du bisch d …?

«Yana.»

Yana, Crazy Radio wott vo dir wüsse, was bedütet dir Wiehnachte?

«Ou! Also. Freitage, chille, schifahre, Zyt ha für mi mit de Fründe z träffe.»

Aber Wiehnachte isch doch no meh?

«Äh, uf das Hallelujazüüg giben i nüüt. Das isch nume Kommerz u da machen i nid mit.»

U de Jesus, d Ängel, d Könige, d Hirte?

«Gschicht! We me wott, e schöni. Für mii eifach Gschicht.»

De gloubsch du nid dra, dass Jesus gebore isch.

«Momol. I stelle das gar nid i Abreed. Jesus ja, Gott ja. Aber das Gschys drumum. Nei danke.»

Das isch e klari Ussag. Danke Yana. U hie steit scho der Nächscht vor mer. Du bisch der …?

«Nik.»

Nik, Crazy Radio wott vo dir wüsse, was bedütet dir Wiehnachte?

«Guet ässe, Gschänk u … Eigetlech süsch nüüt.»

Also nüüt mit Jesus syre Geburt?

«Mol, das scho. Aber derzue bruuchts all dä gstört

Kommerz nid. U o ke Wiehnachtsboum, kes Lametta u so. Schlicht söttis sy.»

Also de eigetlech o ohni grosses Ässe u ohni schöni Gschänk?

«Ähhh!!»

Ups! Dä han i älwä preicht. Der Nik geht von dannen u macht emene ufgstellte, lachende Jüngling Platz. Du bisch der ...?

«Leon.»

Leon, was bedütet für di Wiehnachte?

«Liebet einander und vermehret euch!»

He? Hesch richtig verstande? Wiehnachte.

«Genau. Wiehnachte verbringen i mit myre Fründin. Äbe: Liebet einander und ... Guet, vermehre ... Nei, scho no nid. Aber liebe!»

Aber Wiehnachte sälber. D Geburt vo Jesus? Hirte u so? Bedütet dir nüüt?

«Momol. I säge ja: liebe! Jesus het üs gliebt. Isch für üs gebore u für üs gstorbe. Us Liebi zu üs. Drum wirden ig über Wiehnachte liebe. Ganz i sym Sinn.»

Oookeeey ... O das isch e Aasicht. Danke Leon. Jetze chunnt d ...

«Kira.»

Kira, i bi d Cindy vo Crazy Radio u frage hie d Gymeler, was bedütet dir Wiehnachte? Also Kira, schiess los.

«I bi Muslima u drum bedütet mir Wiehnachte nüüt. Eigetlech. Aber i weis, dass si de Chrischte vil bedütet u drum fröits mi, dass si zäme d Geburt vo ihrem Jesus chöi fyre.»

Fyret dir de d Geburt vom Mohammed o?

«Ja. Bi üs wird der Maulid an-Nabi, so säge mir sym

Geburtstag, gfyret. Mevlid heisst bi üs dä Tag. U i üser Familie fyre mir das eso, wie dirs machet. Ässe, trinke, zämesy. Aber ohni Boum u o ohni Gschänk. Das isch bi üs eso. Anderi maches e chli anders.»

Das isch no interessant z ghöre. De hesch du jetze Wiehnachtsferie, ohni Wiehnachte?

«Genau. Un i fröie mi druf!»

De wünschen i dir gueti Erholig. So. U jetze? Wär isch no ume? Du da! Chumm zue mer. I bi d Cindy vo Crazy Radio, em Radio für Verruckti u anderi Spinner. Darf i di öppis frage? Was bedütet dir Wiehnachte?

«Nüüt.»

Gar nüüt? Oder nume e chli nüüt?

«Gar nüüt.»

Aber warum de? Jesus, Chrippe, Ängel? Seit der das nüüt?

«Nei.»

Chumm, verzell e chli meh als nei u nüüt.

«I gloube a nüüt. Wäder a das, wo i der Bibel steit, no das, wo si eim von oben herab predige.»

U die wo dra gloube?

«Hei es Brätt vor em Gring u lö sech manipuliere.»

Begründig zu dere Ussag?

«Bispiel: I jeder Chilche hanget sones Chrüz mit däm Jesus dranne. U d Lüt sy so naiv u meine, dä heigi denn eso usgseh. Derby isch dä – wes ne de überhoupt ggä het – e Araber gsy. E bruunhütige, schwarzgchruslete Araber. Aber nei, si gloube a so nes bleichs, länghaarigs blonds Bubi – u gloube o jede andere Seich, wo ne verzellt wird.»

De bisch du also der Meinig ... Oh, är isch kere Meinig meh. Het sech vom Acher gmacht. Ja nu. Mir näh

e letschti Meinig yne. E Lehrere? I bi d Cindy. U du?
«I bi d Franziska.»
Franziska, i mache hie für Crazy Radio e Umfrag. Drum o a di d Frag: Was bedütet dir Wiehnachte?
«Ou. E nid eifachi Frag. Also. Wiehnachte isch für mii es Dradänke, dass da eine gebore worde isch, wo für üsi Kultur, für üsi Gsellschaft, aber o für jede vo üs persönlech ganz wichtig isch.»
Aber das gseh ja nid alli eso. Was isch de mit dene?
«Wie wichtig Jesus für öpper isch, mues jedes sälber usefinde. Für mii isch er wichtig. U dermit o ds Fyre vo syre Geburt. We das öpper anders gseht, we öpper nüüt am Huet het mit syre Geburt u mit sym Läbe, de gilts das sälbverständlech z akzeptiere.»
Wie fyrisch du konkret?
«Ganz klassisch. Chinoise, Wiehnachtsboum, Lieder, Gschänk. U zämesy.»
Schöni Wort. Chönntisch du – als Abschluss vo myne Interviews – de Hörer no es Wiehnachtswort gä?
«So grediuse?»
Genau.
«Also – i finde, dass me a Wiehnachte nid nume a d Geburt vo Jesus sötti dänke. Vil wichtiger wäri mir, dass me sech bewusst würdi, wie guet dass es üs geit, wie dankbar dass mer dörfe sy, hie i däm Land chönne z läbe. U vilich wäri dä Aabe o d Glägeheit wider einisch über ds Wort Demuet nachezdänke. Das vergisst me nämlech öppe einisch.»
Danke Franziska für di schöne Schlusswort. Dermit giben i zrugg i ds Studio. Vom Gymerplatz verabschidet sich d Cindy vo Crazy Radio. Dir wüssts, ds Radio für Verruckti u anderi Spinner.

Jede Morge stahn i uuf
u gah d Lyschte
vo de rychschte Mönsche düre.
Wen i nid druffe stah,
gahn i ga wärche.

Robert Orben

Sperrbildschirm

Das Home Office isch für sii ja scho guet gsy. U si het d Tatsach, dass si e gwüssi Zyt het müesse deheime blybe sogar e chli gnosse. Klar, gwärchet het glych müesse sy. U dass es mängisch i de eigete vier Wänd e chli äng isch worde, wil o ihre Partner zwüschyne het müesse deheime wärche, isch nid geng gäbig gsy. Ggange isch es aber glych. Un es het mängi luschtegi Situation ggä, we si sech zwüschyne i der Wohnig begägnet sy u sech als Aagstellti gfüelt hei – i der eigete Wohnig!

Das isch aber jetze verby. Syt drei Monet hocket o sii wider a ihrem gwanete Arbeitsplatz. U wärchet, wie we da nie öppis Bsundrigs wäri gsy. Glychwohl gspürt me im Betrieb, dass sech ds einte oder andere gänderet het. Es sy nid grossi Sache. Ehnder so Ablöif, wo me vorhär nid hinderfragt het. Wo me eifach so gmacht het. Ohni gross drüber nachezdänke. Gaffee usela isch so nes Bispiel. Da het me doch vorhär dürenand gwurschtlet. We öpper a der Maschine ghantiert het, het me näbedüre greckt für usem Chüelschrank öppis z näh oder für ds Tassli afe parat z mache. Hütt steit me eifach hinde dra – u wartet. Geng no mit ere gwüsse Distanz. U we me mitenand redt, de blybt o dert e gwüssi Distanz bestah. Wahrschynlech wäri die gar nid mässbar. Aber spürbar isch si.

Si erchlüpft!

Plötzlech bewegt sech ihre Bildschirm. Es toucht druffe öppis uuf, wo si nid sälber beyflusst het. U das isch üsserscht beunruehigend! Grad für sii, wo doch alls im Griff het – oder ömel im Griff möchti ha.

Uf em Bildschirm gseht si öppis, wo si wäder sälber gschribe, no irgendwie uf dä Bildschirm bracht het gha. Es isch es Bild mit weichfarbigem Hindergrund. U druffe steit, mit gschwungene Buechstabe, e Text.

Liebe Mitarbeitende
Heute ist der erste Dezember. Der Beginn der Adventszeit. Für uns und unseren Betrieb meist auch der Beginn einer hektischen Phase. Mit Aufträgen, die noch vor den Feiertagen erledigt sein müssen. Also mit Druck und Stress.
Und das genau während den Tagen, an denen wir uns eigentlich Zeit für Gedanken nehmen müssten. Zeit haben sollten um uns auf die spezielle Geburtstagsfeier gegen Ende des Monats vorzubereiten.
Diese Zeit fehlt uns. Sie fehlt uns schon lange.
Aus diesem Grund hat die Geschäftsleitung folgendes beschlossen:
1. Wir werden bis zum 24. Dezember jeden Tag – zu unterschiedlichen Zeiten – deinen Bildschirm für zehn Minuten blockieren.
2. Du kannst (und sollst) während dieser Zeit nicht arbeiten.
3. Die zehn Minuten sollen deine Gedanken irgendwohin bringen. Sollen dir ermöglichen, dich in Ruhe auf die Weihnachtstage vorzubereiten. Dich zu besinnen.
4. Und noch etwas: Auf den Bildschirmen deiner Kollegen steht dasselbe. Lass also auch sie in ihren Gedanken schweben …
Wir wünschen dir eine besinnliche Adventszeit.

Die Geschäftsleitung

Ds Bild blybt stah. Si probiert mit der Muus öppis z mache. Es geit nid. Si isch inaktiv. O d Tastatur bringt kener Veränderige.

U jetze?

Si hocket da u stieret uf dä Bildschirm wie we si no nie e so eine gseh hätti.

Langsam löst sech ihri Starri. Si luegt sech um. Gseht di Andere uf ihri Bildschirme luege. O die schyne am Überlege z sy.

Isch das jetze e gueti Idee vo der Gschäftsleitig oder isch es wider so ne Schmarre, wie o scho? Zäh Minute söll si sech Zyt näh. Für was? «... um sich auf die Weihnachtstage vorzubereiten ...» Oh, da chiem ihre scho no ds einte oder andere i Sinn. Mönüplan erstelle, Chärtli schrybe, Ychoufslischte vorbereite, Wohnig putze u d Fänschter – jesses, we si nume scho dra dänkt ...

Si erchlüpft ab dene Gedanke wil si merkt, dass grad settigs älwä nid dermit gmeint isch.

Si probiert z überlege, was es de für Gedanke wäre, wo si jetze sötti dänke. Mit der Bibel het si nie vil chönne aafa. Dert wäri also nid vil z hole. U o mit so Hallelujazüüg het si nüüt am Huet. Was söll si aber dänke?

Si list no einisch der Text uf em Bildschirm. «Dich zu besinnen.» Di drü Wort strahle se aa. Si söll sech bsinne. Was bedütet eigetlech ds Wort besinnen? Si ligt scho füre für ga z google, wo si merkt, dass der Bildschirm ja gsperrt isch. «Dich zu besinnen.» Si luegt di drü Wörtli no einisch aa. Ja, vilich wäri sich z bsinne äbe grad, dass me nid alls mues wüsse. Dass me nid grad sofort ... Nid grad geng ... U nid grad o no ... Sondern vilich einisch langsam. Oder de o gar nid. Eifach einisch sy. Da hocke u nüüt tue. Sech bsinne. Bsinne uf ds Nüüt.

Si gspürt, wie si ihri Schultere los lat. Wie die gäge ache fahre. Es guets Gfüel. Si bsinnt sech uf ihrer Schultere. Lat die ganz bewusst la locker wärde.

Wo si no einisch wott e Aalouf näh u wott überlege, was mit däm Bsinne äch gmeint wäri, gspürt si, dass si d Schultere grad wider aazieht. Drum bsinnt si sech wider nume uf d Schultere. Nume uf die. Si hocket eifach da, gspürt ihri entspannte Schultere u atmet ganz ruehig y u us.

Plötzlech gits Bewegig uf ihrem Bildschirm. Ds gwanete Programm isch wider da. Wie we nüüt wäri gsy, fahrt si dert wyter, wo si vor zäh Minute isch underbroche worde.

Wie we nüüt wäri gsy?

Nei, nid ganz. Si gspürt für ne churze Momänt, dass ihre das bewusste Entspanne vo de Schultere es ganz guets Gfüel ggä het. Drum fröit si sech scho uf e nächscht Tag, wes widerum heisst, si söll sech zäh Minute Zyt näh für sech z bsinne. Vilich wärdes bis am Vierezwänzgischte nid nume d Schultere sy, wo si sech druf wird bsinne. Wär weis?

Z Dütschland
fyre mir lieber wyssi als grüeni Wiehnachte.
Z Honkong
fyre meh Gälbi als Wyssi Wiehnachte.
Z Afrika
fyre vili Farbegi Wiehnachte
u nume wenig Wyssi grüeni Wiehnachte!

Loriot

Wältreis

Si luegt em zue. Är isch grad dranne, sys Gipfeli i ds Gaffeetassli z dünkle. So het ärs äbe gärn. Innerlech tschuderets se. Wäh, das isch doch gruusig, so nes pflüdernasses Gipfeli i ds Muul müesse z stecke. Si chönnti das ömel nid. Aber äbe. So isch me underschidlech. U we ihre Fred das Gipfeli uf di Art gärn het, ja nu, de sölls ihre rächt sy. Solang er nid verlangt, dass si ihres Gipfeli o … Es tschuderet se no grad einisch.

Si lachet.

«Lächerets di geng no, wen i ds Gipfeli bade?» O är mues lache, won er gseht, dass er ihrer Gedanke het chönne läse.

«Guet cha das ömel nid sy, so flätschnass», git si zrugg. Aber de gar nid öppe i hässigem Ton. Nenei. Si wüsse beidi, dass das sys Ritual isch. U das syt Jahrzähnte. Was aber nüüt dranne änderet, dass es d Adele geng no gruuset.

Aber so hei si sech über all di Jahr a verschideni Mödeli gwanet. Gägesytig. Geng we wider eis vo ihne eso es Störimödeli aagfange het, hei sis besproche. Hei glost, warum ds Andere öppis macht, wo dises sicher nie uf die Art würdi mache. Si hei gägesytig d Meinig ustuuschet u sech dür das e Eigeti bbildet. U die het nächär verha u ds Gägenüber o nümme gstört. Wil mes enand het möge gönne, dass me öppis anders macht, als dises es würdi mache.

Das Mödele, wie si nem öppe säge, het ihri Beziehig gfeschtiget. Vilich sy si drum scho so lang zäme.

U sy jetze zäme i dere chlyne Alterswohnig, wo grad

näbem Altersheim ligt. Es isch gäbig hie. Zwar bruuche si no nid würklech Hilf vom Heim. Aber si hätte se, wes müessti sy. U das isch geng wider e beruehigende Gedanke.

«So, bisch fertig mit dym Gschlürf?», lachet d Adele u chönnti sy Antwort grad mitrede. Es Ritual halt. O der Schluss vo dere Gipfeli-Tünklete.

«Wei mer?», fahrt si wyter.

«Jawohl! I bi bereit für d Wältreis.»

D Adele reckt hindere, nimmt der Laptop füre, klappet ne uuf u git ds Passwort y.

«Wosch du nid o einisch ds Zoom yrichte?», fragt si ne. «De wüsstisch o wies geit, wen ig einisch nid cha.»

«Oh, wes müessti sy, chönnti das de scho. U süsch hets hie gnue Pflegepersonal, wo mir würdi hälfe. Tue du nume. Du bisch technisch wyter als ig.»

Me chönnti meine, der Fred interessieris nid, was d Adele da macht. Aber das stimmt so nid. Är luegt ere geng zue wie si ds Zoom startet, wie si sech ylogget u de d Verbindig nach Ouschtralie suecht. Drum isch er sicher, dass är das o chönnti. Schliesslech isch er zwüschyne o am Compi. Aber äbe, Zoom – das isch d Sach vo der Adele. Si isch die, wo mit däm isch cho. Si isch bi ihne die, wo geng wider Nöis usprobiert u yrichtet. Wes nach ihm gieng, würdi me bi däm blybe, wo me het. Nöis bruuchti är eigetlech nümme. We d Adele aber mit nöiem Züüg chunnt, isch er de albe glychwohl interessiert. Wil ers spannend findet u wil er o no grad e chli stolz isch uf sy Frou, wo halt lieber computeret als häägglet.

«So. De wei mer doch luege öb si scho wach sy.»

«Oder scho müed», ergänzt der Fred.

«Hallo! Guete Morge nach Sidney», rüeft d Adele e chli lüter als nötig. O der Fred git e Morgegruess i d Wyti. O lüter als gwöhnlech. Aber das isch nüüt Nöis. Schliesslech müesse sech di zwöi alte Lütli zersch dra gwane, dass jetze uf em Bildschirm ihri Tochter mit ihrem Maa u ihrem Grosschind erschynt. Si rede aber nume churz mitenand, wil d Adele scho wider dranne isch öppis Zuesätzlechs yzrichte.

«Scho wahnsinnig, was me hütt afe alls cha mache», brümelet der Fred, won er gseht, dass d Adele der Kontakt nach San Franzisko ufboue het.

U würklech: «E schöne guete Tag übere Teich zu öich Vierne», lachet d Adele. Der Fred gseht ihri anderi Tochter u ihre Maa. Hie sys zwöi Grosschind, wo ihrne Grosseltere, aber o der Familie z Ouschtralie zuewinke.

«De wei mer?», fragt der Fred u rückt neecher a d Adele häre. Är gseht sech im Bildschirm u mues du syre Frou afe einisch es liebs Müntschi gä. Guet het sis gmacht. Wie jedes Jahr um die Zyt.

«Iii!! Nid luege!», tönts us em Lutspräcker. D Adele gseht, wie ihri Tochter ihrem Chlyne d Ouge zue het u lachet. Ds Meitschi nimmt d Hand vo de Ouge wägg u lachet o.

D Adele lüpft jetze der Laptop ab em Tisch u louft füre zum Wiehnachtsboum. Dä steit, wie jedes Jahr, schön gschmückt, vorne im Egge. Du dräit si ds Grät eso, dass d Kamera dä schön Boum uf Ouschtralie u o i d USA cha übertrage u me ghört di beide Familie «ohhh» u «uuuhhh» rüefe u i d Händ chlatsche.

Das Ritual widerholt sech, wil o di beide Familie ihri Wiehnachtsdekoratione wei zeige. D Ouschtralier hei kes Böimli. Derfür e schöne Adväntschranz mit vier brönnende Cherze.

D Amerikaner hei e Boum. U was für eine. Dranne hanget allerlei Firlifanz. Eigetlech nüüt wiehnächtlechs. Ömel der Fred dünkts. Es gfallt ihm nid, wie die dert äne Wiehnachte fyre. Für ihn hättis z vil Kitsch umenand. Är hets ehnder gärn eifach, gmüetlech, warm u e chli fyrlech. Aber äbe. So fyret jedi Familie dä Tag anders. U das söll o eso sy. Är würdi sech o nie irgendwie negativ drüber üssere. U scho gar nid d Adele. Die hättis nämlech gärn, wes bi ihne öppe einisch e chli luschtiger, chlöpfiger, spontaner zue u här gieng. Aber das isch nid em Fred sys Ding. U drum isch är syre Frou o dankbar, dass si Rücksicht uf ihn nimmt.

Die Wiehnachtskonferänz geit wyter. Me het sech vil z verzelle u z zeige. Was gits da z brichte über e Bruef vo allne, über d Schuel vo de Chind u über all das, wo si i der Freizyt undernäh. Es isch es Glafer, es Hin u Här über all di Kontinänte. Es wird glachet u d Chind zeige zwüschedüre d Zeichnige, wo si uf Wiehnachte gmacht hei. Es isch jedes Mal spannend für d Adele u der Fred, z luege, wie underschidlech sech ihrer Töchtere entwicklet hei. Zäme mit ihrne Manne u ihrne Familie.

Beidi gniesses, uf di spezielli Art chönne zäme z sy. U der Wunsch, enand wider einisch in ächt chönne z gseh, wird – einisch meh – güsseret. Wo si du no ghöre, dass ihri Tochter wider schwanger isch u dass es de vilich es Oschterchindli chönnti gä, geit di Gspärächsrundi ihrem Höhepunkt zue. Also wirds Zyt, enand e schöni Wiehnachte z wünsche u abzmache, dass d

Adele de i nes paar Tag, am Silveschter, wider alli zämezoomet.

Ds Adiösäge duuret geng e Momänt wils eigetlech niemerem drum isch, sech us dere Familiefyr uszlogge. Meischtens isch es de d Adele, wo ds Zämesy beändet.

Jetze hocke sy da, die Zwöi. Si sy grad e chli erschlage. Sy si sogar e chli truurig?
Ja. Scho.
«Schad sy si nid hie, gäll?», brümelet der Fred.
«Ja, es wäri schön. Aber mir wei Fröid ha dranne, dass es ne guet geit. Das isch d Houptsach.»
«O we si wyt wägg sy», hänkt der Fred no aa.
Si hocke no es Momänteli uf em Sofa. Du meint der Fred mit Blick uf e Fernseh: «Wei mer no öppis luege?»
«I gieng grad gärn no e chli use. Ga d Stärne u der Mond betrachte. Hütt isch ja e klari Wiehnachtsnacht. Chunnsch o mit?»
Obwohl der Fred eigetlech lieber i der warme Wohnig würdi blybe hocke, leit er sech aa. Är wott d Adele nid elei la gah. U wott o nid elei i der Wohnig blybe.
D Adele nimmt der Fred a der Hand u de träppele si gmüetlech ds Strässli zdürab.

D Güeter vo dere Wält
länge zwar nid
für jedermanns Habgier.
Aber si würde
für jedermanns Bedürfnis länge.

Mahatma Gandhi

Flügendi Gedanke

Stille Nacht heilige Nacht, tönts us em Lutsprächer. I stah e chli gnärvt im Waarehuus u probiere my letscht Wiehnachtsychouf z mache. Probiere beschrybts richtig. Ds Parfüm, won ig i der Hand ha schmöckt nämlech irgendwie nach Lavendel ... ... Fälder, Sunneschyn, Outofahrt dür ne herrlechi Gägend im Süde vo Frankrych. U de di Farbe ... ... sötti o no ga choufe. Schliesslech han ig mer vorgno, während der Altjahrswuche d Chuchiwand nöi z stryche. Mit welem Farbton weis i aber no nid. Vilich himmelblau? Oder doch glych ehnder grüen? Gälb wäri vilich o no schön. U glych, himmel ... ... blaui Ouge het si gha, d Lea. Si wäri eigetlech sehr e Liebi gsy. E schöni u hilfsbereiti. Ja, e tolli Frou. Aber i has vergyget. Bi ständig mit anderne Lüt underwägs gsy u ha mängs Fescht ohni se mitznäh bsuecht. Hütt weis igs, i ha se denn vil zwenig wichtig ... ... wäris scho, wen i wüssti, was my Mueter eigetlech für ne Duft ... ... cherze het si gärn gha, d Lea. U mii het dä süesslech Gschmack geng gstört. Är het mir nid passt. Gar nid. U das frömdländische Züüg geit mir sowiso uf e Geischt. Das bruuche mir hie i üsem Land nid. Das han ig ihre o gseit. Natürlech nid geng früntlech. Nei, meischtens äbe imene agressive ... ... Cheib isch das gsy, dä Hund, wo mi hütt am Morge nid nume aakläfft, sondern fasch aaggriffe het. Dä het mer d Zähn zeigt u isch mer nachegsecklet. Zum Glück het ne du der Befähl vom Bsitzer ... ... vo däm Lade hie, sötti vilich einisch sy Musigstiel überdänke. Es müessti ja nid grad Hardrock sy. Aber das Hallelujagesäusel wo si i däm Warehuus ... ... hälfti het me mir vorgeschter aabotte z choufe. Es wäri sicher ganz e gueti Glägeheit. Ds Huus wäri guet im Schuss u d Wohnlag würdi mir natürlech o guet gfalle. Aber i wott mi jetze no nid i Schulde stürze u wott mys Gäld lieber ... ... gieng i jetze zum Züüg us. Mi irgendwohäre ga verstecke. Dä Wiehnachtsrummel hie inne, aber o i der ganze Stadt, stinkt mer je lenger je meh. Das Gjufel u das Ghetz geng vor de Fyrtage. U d Lüt, wo gnärvt u agressiv sy. Das bruuchen i definitiv nümme. Das Psöidoheilige ... ... drei Könige syge der nöigebornig Jesus ga bsueche. U d Hirte, wo uf em Fäld dusse syge gsy, syge o zuenem ggange, seit me. Säge si. Stimmt äch das oder isch das, wie mängs andere, wo me i der Bibel cha läse, o es Märli ... ... tante Trudi Gärschter. Wie chumen ig äch jetze grad uf die? Ds tapfere Schnyderli, Hänsel u Gretel. Froschkönig. Uh, wenn han i äch ds letscht Mal es Märli vo dere ghört? I der Jugendzyt? Älwä chuum meh. Denn het mi ehnder ds Bravo interessiert u nümme ds Trudi Gärschter. Jetze stahn i da. Geng no mit ere Parfümguttere i der Hand ... ... langer bin i lang gsy, bis dass mi der jetzig Chef beförderet het. Vorarbeiter sygi jetze, het er mer denn gseit. Vorarbeiter! Das het denn öppis gheisse. Het mer guet ta un ig ... ... entschliesse mi, das Gütterli wider i ds Gstell z stelle. Das Parfüm isch älwä doch nid ds Richtige. Süsch hätti das ja scho lang ... ... han i wölle usbräche. Ha alls wölle häregheie. Vorarbeiter hin oder här. Nümme vo Verantwortig übernäh. Uuf u dervo han i wölle. Ha use wölle i di Stille ... ... Nacht, heilige Nacht. I gah use us däm Ychoufstämpel. Das Lied nimen i aber mit i d Nacht. I die – äbe leider nid! – stilli Nacht.

Dene wos guet geit
giengs besser
giengs dene besser
wos weniger guet geit
was aber nid geit
ohni das es dene
weniger guet geit
wos guet geit

drum geit weni
für das es dene
besser geit
wos weniger guet geit
u drum geits o dene
nid besser
wos guet geit

Mani Matter

Lesbos

E eifachi, wyssi Cherze steit vor mir uf em Tisch. Umrahmet wird si vomene chlyne Chriseschtli. Meh bruuchts nid. Meh bruchen i nid. Meh wetti o nid. D Wiehnachte, ds Fescht vo der Liebi, aber o ds Fescht vom Zvil – ömel bi üs – het für mii ganz e andere Sinn übercho syt ig dert bi gsy.

I luege no einisch das Chärtli aa, wo näbe der Cherze ligt. Es isch es härzigs Chärtli wo si mer zur Wiehnachte gschickt het, d Basima. I nimes i d Hand u d Bilder flüge vor myne Ouge düre. D Bilder vo der Basima u vo dere Zyt, won ig se ha glehrt kenne, denn, z Lesbos, uf dere Griechische Insel.

Si wölli für füf Wuche nach Lesbos, het mer d Nadine gseit. D Nadine, my Fründin, isch Hebamme vo Bruef u engagiert sech hie, i üsem Tal, nid nume für gebärendi Froue sondern o für Froue, wo am Rand vo üser Gsellschaft stöh. Si het sech scho i ihrer Jugendzyt für Randstädegi ygsetzt. Isch für se uf d Strass ga demonstriere, het Gäld gsammlet u het süsch no e Huuffe Verruckts gmacht – nume für dene Lüt, wo fasch nüüt hei gha, z hälfe.

U du het si äbe uf Lesbos wölle. Nid für Ferie z mache. Nei, si wölli ihri Ferie dra gä, für dene Lüt ga z hälfe, wo dert i himmeltruurige Verhältnis müessi läbe. So het sis gseit.

I ha mer denn no nüüt under dere Ussag chönne vorstelle. U ha mir scho grad gar nid chönne vorstelle, sälber ga Flüchtlinge z betreue.

D Nadine isch aber hartnäckig gsy. Si het mi usegforderet u mys damalige Komfort-Wältbild rächt düreghudlet. Irgendeinisch han i mi müesse frage, warum i eigetlech dergäge sygi o dert häre z gah. Mit ihre dert häre z gah.

U du bin i rächt erchlüpft. I ha zu mir müesse ehrlech sy u mer müesse ygestah, dass es vor allem um ds «Was würde d Lüt o säge, we si ghörti, dass är, der Zimmermaa us ere Bärgburefamilie, i nes Flüchtlingslager wölli ga hälfe?» Es isch ds mügleche Greed vo de Lüt gsy, wo sech i mir inne gströibt het, mit der Nadine mitzgah.

I sygi feig, het si mer gseit. Gseit, nid vorgworfe. Mir hei bi all dene Diskussione üsi Liebi nie us de Ouge gla un i dänke, das isch schlussändlech o der Grund gsy, dass i dä Schritt glychwohl gmacht ha. U mi däm Greed ha usgsetzt. Em Greed, wo du würklech ygsetzt u mi o rächt belaschtet het. Kollege, ja Fründe, hei sech vo mir abgwändet. Beziehige, won i syt myre Schuelzyt ha gha, sy underbroche worde un e Zytlang bin i rächt elei dagstande i mym Dorf. We d Nadine u ihres Umfäld mi nid dür di schwiregi Zyt trage hätti, i gloube, i hätti e Rückzieher gmacht.

Ja, u du sy mer ggange. Zäme mit es paar Anderne. Sy ggange uf di Insel. Zu dene Flüchtlinge. Vilich schryben i einisch es Buech drüber. Wil i so vil z verzelle hätti. Wils so vil z verzelle gieb über das Eländ, wo die Lüt dert müesse erlyde. U vilich o, wil me hie nüüt wei wüsse dervo – oder äbe o, will mir hie gärn wäg luege, obwohl mers eigetlech wüsste.

Bilder flüge wider verby. Vom erschte Kontakt mit dene Lüt. Mir sy chuum glandet gsy, hei im Flüchtlingslager Moria chuum üser Ruckseck i ds Zält gleit gha, wos scho losggange isch.

Mir hei sofort a Strand müesse, wil es Boot gstrandet isch. Mit Mönsche.

Ja, mit Mönsche! Di verängschtigete Ouge, wo si gmacht hei, wo si dür ds Wasser a Land gwatet sy, dä Schrei, wil e Mueter nümme d Chraft het gha, ihres Chind höch gnue z lüpfe us daderdür fasch ertrunke wäri – i gseh u ghöres no jetze! Es isch sehr e hektische Start gsy, un i ha eigetlech nüüt anders gmacht, als im Wasser z stah u d Lüt, wie Waar, vom Schiff här gäge Land z schiebe. Vo eim Hälfer zum Andere. E Hälferkollonne isch ere Flüchtlingskollonne gägenübergstande.

U dert han ig se ds erschte Mal gseh, d Basima. Das öppe zähjährige Meitschi het sech ganz äng a d Mueter gchlammeret. U so sy die zwöi dür ds Wasser gwatet. Vo ihrem alte, schittere Kutter der vermeindleche Freiheit zue.

D Basima isch während dene füf Wuche, won i uf Lesbos bi gsy, geng we si het chönne, um mi um gsy. Si het mer gholfe Ässe verteile, het gholfe abtröchne u o bim Putze het si gmacht, was si het chönne. Si het o gredt mit mer. Mängisch wie ne Wasserfall. Verstande hei mer nes guet. Es sy nid Wort gsy, wo das Verständnis bracht hei. Nei, mir hei mit Händ u Füess gredt. U mit emene Lächle ... Ja, das Lächle! Das Lache vo der Basima ...

Ihre Name, das han i ersch usegfunde, won i wider i der Schwyz bi gsy, bedütet die Lachende. D Mueter vo der Basima het für ihri Tochter der genau richtig Name usegsuecht gha. Die Lachende! Jesses, wie het das Chind chönne strahle. Im gröschte Eländ inne het si es Lächle uf em Gsicht treit.

U Eländ, ja, das het si erläbt. Nid nume i ihrem Heimatland Syrie. Ihre Vatter sygi erschosse worde hets gheisse. Vor de Ouge vo syre Familie. Är heigi sech gäge d Regierig gstellt u drum heigi är müesse stärbe. Drum heigi di überläbende Familiemitglider müesse flüchte. Uf em Wäg vo Syrie uf Lesbos isch du o no der elter Brueder vo der Basima gstorbe. U o ihri Tante. Churz bevor i wider ha hei müesse, het o däm Chind sy Mueter di Wält müesse verla. So isch d Basima, mit zähjährig, Vollwaise worde. Vollwaise imene Flüchtlingslager uf ere Griechische Insel. U das, wil sech es paar Machtherre nid einig sy, wär di grösseri Macht het.

I luege wider ds Chärtli aa.

U gspüre d Träne, wo i mir inne ufstyge. I gseh geng wider das Chind i all däm Eländ inne. Das Chind, wo under erbärmlechschte Umständ uf dere Insel mues usharre.

U gspüre o grad wider d Wuet, wo nach mym Zruggcho isch entstande. D Wuet uf üsi Wohlstandsgsellschaft. Wil mir üs mit emene Hämpfeli Gäld, wo mer irgend emene Hilfswärch übergä, us der Verantwortig zieh u gloube, ds Eländ vo dene Flüchtlinge sygi dermit glöst u mir dörfi dür das Gäldgä wäggluege. Obwohl mer genau wüsse, was für ne mönschlechi Tragödie sech fasch vor üser Hustür abspilt.

Zum Glück hilft mir d Nadine im Umgang mit dere Wuet. Si cha mi achegfahre u zeigt mer, dass Wuet nid ds richtige Mittel isch. Zeigt mer, dass Wuet kener

Problem löst. Si isch der ruehend u der chraftvoll Pool i üser Beziehig.

D Nadine. Si het mi uf Lesbos mitgno. U dert han i erläbt, wie gruusam Mönsche chöi sy. Wie hochnäsig mir i üsem Land über Flüchtlinge rede. Mir, wo meh als alls hei. Mir debatiere drüber, öb mer no Asylante wei ufnäh oder öb ds Boot scho voll oder sogar übervoll sygi. Mir, wo im Überfluss läbe, stryte drum, öb e Asylbewärber es Fränkli meh söll übercho damit er hie es eingermasse mönschewürdigs Läbe cha läbe. U ab all däm Palavere vergässe mer, dass uf Lesbos no hütt tuusegi vo Mönsche läbe. Ypfercht i Zält, under schlimmschte hygienische Bedingige. Mönsche, wo zum Teil scho syt Jahre druf warte, dass si ganz ganz wenig vo däm dörfte übercho, wo mir sowiso z vil hei.

I luege wider uf mys Cherzli.

Inere Wuche isch Wiehnachte. D Nadine un ig flüge morn wider uf Lesbos für ga z hälfe. Hie Wiehnachte fyre chönnte mer nid. Es wäri üs nid müglech i all däm Überfluss z sy, währenddäm Chind, wie d Basima, i truurigschte Verhältnis müesse vor sech häre vegetiere.

Gsehn i äch d Basima wider? I hoffes fescht. U glych weis i, dass d Wahrschynlechkeit chly isch, bi all dene Flüchtlinge, wo üs dert unde bruuche.

Aber Hoffnig han i glych. Un i würdi mi fröie, ihres Lächle wider chönne z gseh.

Der Ängel i dir
fröit sech über dys Liecht,
grännet über dyni Fyschteri.
Us syne Flügel
ruusche Liebeswort,
Gedicht, Liebkosige.
Är bewacht dy Wäg,
länkt dy Schritt
ängelwärts.

Rose Ausländer

Ds Schwümmli-Froueli

Wie lang isch es äch här, syder? Als jungi Frou het mi denn ds Schicksal hert dra gno gha un i ha e Zytlang nümme gwüsst, wodüre my Wäg söll gah. Ja, i ha sogar zwyflet dranne, öb my Wäg überhoupt no söll wyter gah.

Mys Grossmüeti het mi denn am Arm gno u mi zu üsem Bänkli ueche gfüert. Zu däm Ort, won ig scho als chlyne Stünggel – u drufache geng u geng wider einisch – mit em Grossmüeti häre ggange bi, we mi öppis plaget het.

Me het vo däm Bänkli us e herrleche Blick uf d Bärner Alpechetti.

Dert, a däm spezielle Ort, hets mir du e Gschicht us ere Zyt verzellt, won äs sälber no ganz jung isch gsy. Ds «Schwümmli-Froueli», es ganz alts, eigets Persöndli, wo denn ganz elei im Wald mues gläbt ha, het ihm uf syni bsunderi Art der Sinn u der Zwäck vo üsem Läbe erklärt. Däm «Schwümmli-Froueli» würdi me hütt wahrschynlech Heilere, Hellsehere, Waldfeh oder vilich Häx säge.

Aber nid nume das Froueli schynt kuurlig gsy z sy, sondern o d Gschicht wos verzellt het. Aber we me e chli drüber nachedänkt, chönnti die sogar stimme. Mir het si ömel denn, i dere schwäre Situation, gholfe.

Ds Schwümmli-Froueli, so geit di Gschicht, heigi sech über ds Läbe u ds Stärbe eso güsseret:

«We mir einisch nümme uf dere Wält sy, de göh mer zrugg i üsi himmlischi Schuelstube. Das isch dert, wo mir üs alli wider zämefinde. I dere Schuelstube het jedes vo üs e Stuehl un es Pult. Uf em Pult steit üse

Rucksack. U i däm inne hets Ufgabe. Je nach däm, wie vil Ufgabe mir i üsne früechere Läbe scho hei chönne erfülle, isch dä Rucksack no schwär oder isch äbe scho liechter. Mir göh geng wider zrugg uf d Wält für ga Ufgabe us däm Rucksack use z erledige. Di Lüt wo kener Ufgabe meh im Rucksack hei, di göh o wider ache. Aber nid als Persone, sondern als Ängel. Als Schutzängel zum Bispiel. Vom Schuelzimmer us gseh mir uf d Wält ache. Gseh d Lüt desumeloufe. Wärche, usrueie u diskutiere. U mir gseh o d Päärli, wo beschliesse ds Läbe gmeinsam i Aagriff z näh. Bi dene Päärli gseh mir o i ihre Rucksack yne. Mir gseh, was die i ihrem Läbe a Ufgabe wette löse u wette los wärde. Das Ziel zieht sech wie ne rote Fade dür ihres Läbe. We so nes Päärli es Chindli erwartet, chöi mir als Seel uf d Wält zrugg gah u i däm Chindli wider gebore wärde. Aber äbe de nid eifach i irgend e Familie yne. Nei, mir chöi mit Hilf vo däm rote Fade öppe luege, was mir dür das nöie Läbe für Ufgabe us üsem eigete Ruckseckli chönnte erledige. Das heisst aber nid, dass de di Ufgabe outomatisch o erlediget sy, we mir us däm nöie Läbe wider zrugg i di himmlischi Schuelstube chöme. Wie i jedem Läbe hets o da Unbekannts. Hets Chnörz, Yflüss, Wändige, wo üs d Ufgab uf der Wält unde nid liecht mache. U mängisch chöme mer zrugg u hei keni vo dene Ufgabe im Ruckseckli chönne erfülle. Oder mir hei ganz anderi Ufgabe erlediget, als mer nes vorhär vorgno hei gha. Der Grund isch natürlech dä, dass mir – sobald mir wider uf der Wält unde sy – ke Ahnig meh hei vo üsne Ruckseckliufgabe. Drum wüsse mir hie unde o nid gnau, warum mir da sy. Aber ahne tüe mers irgendwie. Di einte stercher, di andere weniger starch. Das isch myni Ystellig zum Läbe. U o die zum Stärbe. I fröie mi, hie chönne z sy. Un i fröie mi o, wider i di himmlischi Schuelstube dörfe zrugg z gah. Bis denn han ig hie aber no vil z tüe. Läb wohl!»

So heigi ds Schwümmli-Froueli denn gredt. U syt mir ds Grossmüeti di Gschicht verzellt het, glouben i o, dass mir zrugg göh. Dass mir üs wider wärde gseh. Öb all das, wo das alte Froueli denn uf sy eifachi Art verzellt het, so o stimmt, isch für mii gar nid so wichtig. Wichtig isch nume z wüsse, dass alls, wo hie unde passiert, sy Sinn u sy Zwäck het. Ds Schwäre wie ds Liechte. Ds Wüeschte wie ds Schöne.

Es isch mängs, mängs Jahrzähnt vergange syder. Ds Schwümmli-Froueli u o ds Grossmüeti sy beidi scho lengschte wider zrugg i der himmlische Schuelstube. Un i hocken wider einisch uf däm Bänkli, luege übere uf di lüüchtendi Bärner Alpechetti, dänke zrugg a mys Läbe u weis, dass i wyterhin em rote Fade na wirde gah.

Mir sy Ängel
mit nume eim Flügel.
Für chönne z flüge
müesse mir üs umarme.

Luciano de Crescenzo

Es Knacke

Klar bin i e Nörgelere, bi e Usrüeffere, e Rebällin. Das weis i ja sälber. Drum bin i ja o bi ihm gsy. I ha Hilf gsuecht für das Ufmüpfige, won i scho lang i mer inne ha, äntleche los z wärde. U ha gmeint, dä gäbi mir de es paar Ratschläg u öppis Tablette, damit dass i ruehiger wirde.

Aber nei! Dä het afe einisch e eländ längi Zyt mit mer dorfet. Was sägen i, plöiderlet het er mit mer. Statt gholfe. Het wölle wüsse, was ig i myre Jugendzyt gmacht heigi. Grad wie we dä das öppis wäri aaggange. Vo myre Jugend han ig ihm nid vil verzellt. Vo mym Bruef han i du no sölle lafere. Vo de Mitarbeitende. Da han i du scho gwüsst z brichte. Ha ihm verzellt vo der Mila – Mila, wie cha me ömel o eso heisse, Mila! – vo dere Mila han ig ihm verzellt. Vo dere, wo mit jedem aabändlet het. Derby het die – wenn überhoubt – nume Strou im Gring. Aber äbe. Für mit eim schnäll i ds Näscht z gumpe bruuchts halt nume e schöni Visage u ne gueti Figur. U das het si beides, di Mila. Aber süsch ... Öb i yversüchtig sygi uf d Figur vo der Mila, het er du wölle wüsse. Sicher nid! Klar, i ha es paar Kilo meh uf de Rippi u bi o nümme ganz so jung wie die. Aber mit dere chönntis no lang ufnäh, wen i wetti. Aber i wott nid. Uf das Niveau vonere Mila lan ig mi nid ache.

Über e Nik, e andere Mitarbeiter, het är o no Bscheid wölle wüsse. Für was, isch mer aber nid klar gsy. Mir fählis de nid a Manne, han ig ihm a Gring pängglet. U a so Nicks de ersch rächt nid.

Du het er wölle wüsse, öb ig ire Beziehig läbi. Sicher

nid, han ig ihm gseit. Fründ bruuchen ig kene. Das Gniet mit dene Laggaffe han i hinder mer. Ändgültig. U won er du no so e chli ume heiss Brei um gredt het, gfragt het, öb i de nid öppe einisch e zärtlechi Hand … Öb mir de nid zwüschyne es paar Strycheleinheite … Öb da nid mängisch e chli gärn gha z wärde … han ig ihm klipp u klar gseit, für Sex bruuchen i ke Maa. Da gits anderi Müglechkeite. Sache, wo wäder Forderige stelle no dass me se mues verpipääpele. Dene mues me o nid folge. Nenei, ds Thema Manne isch bi mir düre.

Du het er mi wäge de Hobbys usgfragt. Öb i ehnder der sportlech oder der kulturell Mönsch sygi. Wäder no. Sport wird überbewärtet u d Kultur isch mer z tüür. Vermöge tät igs scho. Aber wen i gseh, was di Halsabschnyder verlange für ne Drittreiheprominänz ga z lose … Nenei Schangli, daderfür rücken i ke Chümi use. I laa der Radio oder ds Glotzofon aa u de han i ds glyche Resultat. Mit em Underschied, dass i derzue no gmüetlech chan es Bier un es paar Chips gnähmige – ohni dass mer dää näbe dranne uf d Hüenerouge tschalpet. U o im Sumpf desumezstapfe, wie wen i es Söili wäri, bruuchen i vor der Glotze nid.

I ha du ds Gfüel übercho, dä Psycho wüssi nümme gnau was no säge. Du han ig ne wider gfragt, öb er mer jetze nid es Schachteli Tablettli chönnti verschrybe u guet. Das chönnti är scho, het er gmeint, aber är tüeji nid. Lööl, dä. Chönnti mer Tablette gä – git se aber nid. Guet. O dä mues gläbt ha. Schliesslech überchunnt er der Chümi älwä nid vo de Tablettlihärsteller. Dä verdienet sys Gäld mit brichte. Oder söll i säge mit lyre, so wie dä mi usgfragt het. Dä verdienet ds Gäld o no ring. We dä eso müessti, wien ig uf em Bügel mues, dä würdi blitzartig ufhöre mit lafere u wäri nach emene halbe Tag kaputt.

Won er mit sym Latin älwä definitiv am Ändi isch gsy, het er du no wölle wüsse, wien ig Wiehnachte fyri. Älwä e Verlägeheitsfrag oder eifach eini, won er stellt, wen er sy Fragestundezyt no nid ganz gfüllt het.

Di Frag het mi du aber scho e chli us em Gleis putzt. Wil d Antwort für mii nid ganz eifach isch. Eigetlech hätti ig ihm müesse säge, dass ne das nüüt aagöngi. Das han i du aber verpasst, wil ig ihm fürebrösmelet ha, i wüssis o no nid gnau.

Dert het er du yghänkt u het wölle wüsse, wien ig di letschte Wiehnachtsaabete verbracht heigi. O das hätti ig ihm eigetlech nid wölle verzelle. Aber irgendwie het mi dünkt, das loszwärde würdi mer guet tue.

Ytem.

I ha ihm du verzellt, dass i am letschte Vierezwänzgischte no bis am vieri gwärchet ha. Dass i du hei bi, duschet ha u ja, du halt vore Fernseh ghocket bi. Choche han i nid möge. Aber Durscht han i gha. Lang. Also Durscht han i nid lang gha. Aber ds Lösche isch lang ggange. Bis wyt nach Mitternacht. Won i erwachet bi, isch d Wyfläsche läär gsy u uf d Schnapsguttere han i sogar vergässe der Zapfe druf z tue.

Du het er wölle wüsse, was i vo Wiehnachte halti. Zwe Freitage sygs, han ig ihm gseit. Är het du wyterbohret. Het mi über d Wiehnachtsgschicht usgfragt. Über my Gloube. Gloube tüeji a mii. U süsch a niemer, het er müesse ghöre. Wils da niemer gäbi, wo sech ds Gloube a ne würdi lohne. Won er zrugg cho isch uf e kommend Wiehnachtsaabe, han ig ihm churz u bündig erklärt, i wüssi nid wien i dä wärdi verbringe.

Du het er mi gfragt, öb i de niemer heigi, won i chönnti ylade. Di Frag isch bi mir wie ne Box i der Magegruebe glandet. I ha gspürt, dass er da i mir inne öppis preicht het, wo hätti usewölle. Won ig aber syt Jahre nid usegla ha. Nid ha wölle, ja, nid ha dörfe usela. Us welne Gründ o geng, han ig ihm das gseit. Ha ihm vo mym Magegfüel verzellt. Un är het eifach glost. Het lang nümme gseit. Das het mi am Aafang irritiert, wil mir normalerwys niemer so lang eifach zuelost. Es het aber guet ta ihm z säge, dass ig i ganz junge Jahr a somene Wiehnachtsaabe mit emene Maa ha aagfange fyre. Dass i öppis Feins gchochet ha gha für üs zwöi. Der Jan, so het mi denn dünkt, isch e liebe. E grosse u starche junge Maa. Är het vil uf Wiehnachte gha. Wiehnachte bedüti für ihn Liebi, Liecht u – i weis nümme was er no alls für Religionsquatsch het usegla. I bi aber verliebt gsy i ihn u ha ihm für sy speziell Aabe öppis Bsundrigs wölle choche. Ha ihm wölle e Fröid mache. Während em Ässe het er mer verzellt, wie wichtig ihm dä Jesus sygi. Wie wichtig ihm Gott sygi u wie wichtig ihm o dä Heilig Geischt sygi. O we mi denn der Fläschegeischt eigetlech meh interessiert het, han ig ihm brav zueglost. Eh ja, am Heilige Aabe cha me scho e chli heilig tue, wes für öpper isch, wo Interesse a eim zeigt. Wo me möchti gärn ha. U ja, wen ig mers richtig überlege, hei scho denn für die, wo Interesse a mir zeigt hei, wo mit mir öppis hätte wölle aafa, d Finger vo eire Hand glängt. Hütt bruuchtis nid emal meh d Hälfti vo dene Finger.

Ytem.

Es het mi denn schön u wichtig dünkt, dass der Jan isch da gsy u dass ig ihn mit däm feine Ässe ha chönne verwöhne. Won er du allerdings nachem Dessert no es Suplement het wölle, ja was heisst wölle, gforderet het ers – aber nid i Form vonere imene Täller servierte Süessigkeit – isch es du usgartet. Won er mi het wölle i ds Schlafzimmer zieh, han ig ihm gseit, dass mer das z schnäll göngi. I bruuchi no e chli Zyt. Är het mi ganz verständnislos aagluegt u het mer erklärt, dass das für ihn zu der Wiehnachte ghöri. Dass är hütt mit mir i ds Bett wölli, ja, dass ig hütt mit ihm i ds Bett z gah heigi. Schliesslech sygi är ja für genau das zu mir cho. Hütt sygi der Heilige Aabe u da wölli är e Frou. U i der Bibel stöji ... I bi gsy wie blockiert. Ha mi chuum chönne bewege. Dä Maa, won i ds Gfüel ha gha, är bedüti mir öppis, het ...

I ha nümme wölle wyterrede, aber der Psycho het mer es Naselümpli i d Finger drückt u geng no nüüt gseit.

My Mage het mer irgendwie es Zeiche ggä, dass er jetze all das wölli usechotze, won er syt Jahre i sich inne heigi müesse verstecke. Drum han i der Räschte o no verzellt. Ha ihm gseit, dass mi denn dä Jan i ds Schlafzimmer gschrisse het. Dass ig ihm no einisch ha wölle erkläre, dass ... Dass es aber nüüt gnützt het. Wil är stercher isch gsy. Der Jan het mer zeigt, wie wichtig ihm Wiehnachte isch – u was e Frou ihm am Heilige Aabe z gä het. Är het sech das gno, won är ds Gfüel het gha, ds Rächt druf z ha. I bi wie glähmt blybe lige. Är het du no mit mer wölle rede. Het wider öppis vom Heilige Geischt gschwaflet. Vo der Liebi Gottes. U won er gmerkt het, dass i schlächt druffe bi, het er mer no gseit, dass i der Bibel stöji, dass die Frau dem Manne Untertan z sy heigi. Du isch er ggange. Gruesslos. I ha ne später no öppe einisch gseh. Aber är het ta, wie wen er mi nid würdi kenne. Ja, so han ig vor lengerer Zyt einisch Wiehnachte gfyret. U syt denn ertränken i dä Aabe. Wil ig ne nüechter nid ushalte.

Jetze heigi är begriffe, het der Doc du gmeint. Begriffe, warum i mit Manne nüüt wölli z tüe ha. Dass i dür das Erläbnis aber o e Distanz zu allne Lüt heigi ufboue u dür das i mys Negativdänke sygi grate.

Mir hei du no lang über dä Wiehnachtsaabe gredt. Über d Gfüel, über d Angscht u über d Ohnmacht, wo dä i mir inne usglöst het. U o über d Distanz, won i dür das Erläbnis zu däm spezielle Aabe ufboue ha.

Är het mer du empfohle, a däm Aabe i Wald z gah für z lose, was dä mer z säge heigi. I söll mer es paar Tag vorhär ga ne Tanne ussueche wo mer gfalli. U die söll i am Wiehnachtsaabe ga umarme. Eifach umarme. Nüüt dänke derby. Eifach umarme. U gspüre. Gspüre, dass me o chönni übercho ohni müesse z gä.

U da stahn i jetze. Ha so ne gäbigi Tanne usgsuecht. Eini, won i dänke, dass myner Arme drumum möge. Ömel fasch.

Gseht si mi äch? Ach was! A was bisch? Gseht si mi äch. Spinnsch! E Tanne gseht nüüt. Di isch eifach da. Isch da, dass me se irgendeinisch abholzet u verfüüret. Für das wachst si. Tanne umarme. So ne Schwachsinn.

Was machen i eigetlech hie usse? I dere Chelti. Mit dräckige Schue.

I ghöre es Knacke. Chunnt äch öpper? Das wäri no schöner, we öpper gsiech, dass ig da e Tanne umarme.

Wider es Knacke. Aber es chunnt nid vo der Syte. Es chunnt vo obe. I luege ueche zum Tannespitz. Zum

Glück isch es hinech heiter. Der Mond schynt so starch, dass i bis a Himmel ueche gseh. Sogar zwe Stärne lüüchte vo obe ache.

Es knacket wider. Redt si mit mir, di Tanne? Blödsinn! E Tanne, wo redt. Jetze spinnsch total!

Es knacket wider. U we doch? I verstah se zwar nid. Aber vilich seit si mer öppis. Wen i aber wetti wüsse was, müesst ig se verstah.

Ou, a was bisch ömel o. E Tanne verstah, we si redt. Wen i nid wüssti, dass i nüechter bi, würdi dänke i sygi bsoffe.

Es Knacke. Gspüren i äch das Knacke o wen i my Hand uf d Rinde lege?

Wider knackets. My Hand gspürts. I ha se bim Gspüre ghört. Jetze umarme se. Gspüre, wie si zue mer redt. I drücke se – u la se wider e chli la gah. Drücke, la gah, drücke. Derzue verzellen ig ihre d Gschicht vo dere Wiehnachte. Verzelle ihre vom Ässe, vo de Gspräch u ja, de o vo der Vergwaltigung. Vo der Lääri. Vo der Truur u vo der Einsamkeit, wo all das usglöst het.

Es knacket nümme. Aber i gspüre, dass mir di Tanne das schreckleche Bild vo däm Heilige Aabe abnimmt, dass ig ihre di Gedanke cha übergä. Si nimmt se uuf. Nimmt se vo mym Mage ewägg.

E grossi Lääri isch i mir. Aber e gueti, liechti Lääri.

Heilig Aabe im Wald.

Bim Umarme vo dere Tanne han i äntleche gmerkt, dass dä Aabe älwä no e andere Sinn het wäder dä, won i ha erläbt. Dass dä Aabe eim vilich all das Schwäre, all das Unverdoute cha abnäh, we me gwillt isch, sech uf dä Aabe yzla. We me gwillt isch, sech mit Liebi u o e chli Demuet uf ne yzla.

Was o geng passiert.
Niemer cha dir d Tänz näh,
wo du scho tanzet hesch.

Gabriel Garcia Marquez

Was blybt?

Är het di vierti Cherze a sym Adväntschranz aazündet. Gmüetlech höcklet er da u luegt i die ruehige Flamme yne. Ja, ihm geits guet. Hie isch es ihm wohl. Das isch aber de nid vo Aafang aa eso gsy.

Bevor dass er i ds Altersheim zoge isch, het er nämlech sy Wohnig müesse ruume. Das isch nid liecht gsy für ihn. Är het geng ehnder e chli d Tendänz gha, z sammle. Het sech schlächt vo Sache chönne trenne. Wil er geng irgend e Erinnerig – meischtens äbe e Schöni – a so Sache het gha.

Di letschte Wuche i syre Wohnig hei ne mängisch fasch verschrisse, wil ihm nid nume ds Ding, won er het müesse furtrüere, wichtig isch gsy, sondern vor allem d Erinnerige dra. Un er het geng ds Gfüel gha, dass er, wen er öppis ghüderi, o d Erinnerig a das verlieri.

Är isch sowyt cho, dass er fasch verzwyflet isch a der Ufgab, sy Wohnig z lääre. Syner Chind het er nid wölle frage, was er söll. Die hei für sys gsammlete alte Züüg scho lenger wenig Verständnis zeigt.

Einisch amene Namittag hets bi ihm glüte. Der Pfarrer isch bi ihm vor der Tür gstande. Är het ne kennt u isch gwüss grad froh gsy, dass dä ne vo sym Wägwärfgstürm abglänkt het.

Dä het du aber gspürt, dass ihn der Schue drückt u so het der Hans ihm du sys Leid gchlagt. Si hei lang brichtet zäme u der Pfarrer het ihm es Mitteli uf e Wäg ggä, wien är das Problem chönnti bewältige. Är het ihm gseit, dass es eigetlech nume drum göngi ds Volume z verringere. Dass syner materielle Erinnerige eifach z vil Platz im Altersheimzimmer würdi bruuche. Un är het ihm du der Vorschlag gmacht, chlyni Zedeli zuezschnyde u dert druf es Stichwort über di materielli Erinnerig z schrybe. De chönni är ds Material ghüdere. Dür das Ufgschribne blybi d Erinnerig ja erhalte. U di Zedeli nähmi ja praktisch ke Platz. Jedes Mal, wen er so nes Papierli i d Hand nähmi, chömi ihm outomatisch d Erinnerig füre. Für so Erinnerige bruuchis ja eigetlech kes Material – ömel we me se i Stichwort ufgschribe heigi.

Das het ihm yglüüchtet. Uf die Art isch er du nah dis nah all das alte Züüg los worde. I ds Altersheim het er du, näbscht wenige Sache, nume no es Schachteli mit ere Bygete chlyne, beschribene Zedeli mitgno.

Aber irgendwie isch er mit dere Drucke o nümme z Schlag cho. Es het so vil Zedle drinne gha, dass er sälte Luscht het gha, eine drususe z zieh u d Erinnerig la z würke. Drum isch di Erinnerigsdrucke schlussändlech o no e Belaschtig worde für ne, obwohl si ja ke Platz bruucht het.

Won er sech du e chli ygläbt het gha, isch der Pfarrer wider einisch verby cho u het ne nach sym Befinde gfragt. U du sy si o wider uf di Zedeli cho z rede. O das Mal het der Pfarrer gmerkt, dass da geng no öppis Belaschtens ume isch.

Wo ihm der Hans di Sach erklärt het gha, het ihm der Pfarrer du e wytere Vorschlag gmacht, für mit däm Problem z Bode z cho. Är het ihm grate, jede Tag es Zedeli z zieh. Nume eis pro Tag. U de söll er d Gedanke a d Erinnerig, wo ihm das Zedeli gäbi, zuela. Wen er d Gedanke fertig dänkt heigi, söll er das Zedeli uf eis vo zwöi Hüüffeli lege. Uf ds erschte Hüüffeli ghöri

Erinnerige, won är wölli bhalte. Geng wölli bhalte. Ds Andere sygi das, won är d Erinnerig dra chönni la gah. Wen er no nid grad wüssi, uf weles vo dene beide Bygeli dass ds Zedeli ghöri, de söll ers wider i d Schachtle zrugg tue. Mit em erschte Hüüffeli söll er es nöis Schachteli eröffne. Ds Zweite – u das sygi ds Wichtige – das söll er i nes läärs Zündholzdruckli stecke. U de söll er zwüschyne amene schöne Tag a Bach ache, ds Druckli dert dry lege us em Bach übergä. D Erinnerige also quasi la vo ihm wäggschwümme.

O dä Ratschlag het er befolgt u het du sälber müesse stuune, wie ring ihm di Triasch isch ggange. Es isch eis vo syne Ziel worde, ds Bhaltibygeli nid z gross la z wärde. Ds Zedelizieh, ds Läse, ds Entscheide isch es Ritual worde, won er jede Tag nachem Morgeässe gmacht het.

U so hocket er o hütt am Tisch, zieht es Zedeli us der Drucke u list. «WK Ferpècle». Uh, Ferpècle, chunnt ihm i Sinn. U scho chöme d Erinnerige, chöme d Bilder füre.

Är isch jung gsy, denn. Der erscht WK mit syre Einheit. Schiessverlegig z hinderscht im Val d Hérens. Denn isch er körperlech zwäg gsy. Isch vil z Bärg ggange u het süsch no Sport tribe. Isch äch das der Grund gsy, dass si ihn denn usgwählt hei für gäge d Bricola Hütte ueche ga Schiesswach z mache? Uf emene nid eifache, stotzige u zum Teil usgsetzte Wäg. Si hei ne usgrüschtet mit Funkgrät u Verpflegig. Der Funk sygi nume für Notfäll z bruuche, hei si ihm ygscherft.

Für ihn isch das e tolle Usflug worde. Inere Umgäbig, won är nid kennt het. E frömdi Wält, wo ihm glych irgendwie gheimelet het. Wil ers kennt het, eleini i der Natur usse z sy. Eleini bi dene höche, ydrückleche Bärge. Am Fuess vom Dent Blanche. Un är isch o e chli stolz gsy druf, dass si grad ihm das Vertroue gschänkt u ihm di Verantwortig ggä hei.

Aber äbe. Dä vo der Verantwortig hätte o sii sölle übernäh. Wos du nämlech Aabe isch worde, het er gmeint, dass er jetze de der Rückzugbefähl überchömi. Wos langsam het aafa dunkle, het er sech derfür gha, über Funk z frage, wenn dass är sy Poschte dörfi verla. Si heige no churzfrischtig es Nachtschiesse aagseit, isch d Mäldig cho. Won er em Schiessoffizier gseit het, är heigi aber de ke Taschelampe für dä schwirig Rückwäg, het dä ne mit der Bemerkig abputzt: «La der das e Lehr sy; zu der Schiesswach ghört e Taschelampe. Mir schiesse hinech. – Ende.»

Är het du no einisch nachegfragt, aber ke Antwort meh übercho.

Was het er jetze sölle? Wen er jetze gieng, chiem er wahrschynlech mit em Räschte vo der Tagesheiteri no i d Neechi vom Gländ, wo der Abstieg de nümme so schwirig wäri. Aber scho das wäri es rächts Risiko. Wen er aber würdi blybe, u wes öppe de no würdi zuetue, de wäri e Abstieg nid nume nid z verantworte sondern schlicht unmüglech. Aber obe blybe chönnti är o nid. Ohni Biwakusrüschtig, bi dene Temperature, im Novämber, uf fasch zwöiehalbtuusig Meter, würdi är das nid überläbe.

Är het no einisch e Funk abgsetzt u het em Schiessoffizier sy Lag wölle erkläre. Dä het aber nume gseit, hinech wärdi gschosse un är heigi uf sym Poschte z blybe. Uf sy Nachfrag, wien är sech de sy Abstieg i der Nacht vorstelli, het er wider ke Antwort übercho. Är het also sälber müesse entscheide.

E Schiesswachposchte ohni Befähl z verla isch unverantwortlech u het Konsequänze. Das het er gwüsst. Aber sys Läbe uf ds Spiel setze, nume wil dä Schiessoffizier hinech no wott schiesse, steit o i kem Verhältnis. Was söll er? Är het gwüsst, i wele Hang dass si schiesse. U het drum o gwüsst, dass es kes grosses Risiko wäri, wen er sech scho jetze uf e Rückwäg würdi mache, wil zu dere Aabezyt älwä niemer meh vo der Bricola Hütte i ds Tal würdi loufe.

Also het er sech uf e Wäg gmacht. Uf ene Wäg, wo o bi Tagesliecht nid eifach wäri gsy. Verschwyge de bim Ynachte.

Won er uf sym Zwüscheplatz isch aacho, het er gmerkt, dass sy Entscheid richtig isch gsy. Es het aafa nachte u sogar der letscht, eigetlich eifach Bitz, wird für ihn am Schluss e rächti Herusforderig sy. Aber hie het er wölle blybe. Bis zum Schluss.

«Schiesswach vo Kadi, antworte!», hets plötzlech us em Funkgrät tönt.

Är het gantwortet.

Der Kadi het ne gfragt, wo sy Position sygi un är het e chli chlylut müesse zuegä, wie wyt unde dass är scho sygi. Me het sogar dür ds Funkgrät ghört, wie erliechteret der Kadi isch gsy. Är het du gseit, ds Nachtschiesse sygi abbroche worde un är schicki drei Manne mit Belüüchtig, wo ihn chömi cho reiche. Är söll a syre Position blybe u warte.

Gly drufache sy du di drei Kollege cho u hei ihn i ds Tal ache begleitet. Underwägs het er vo dene verno, dass der Kadi, won er ghört heigi, dass d Schiesswach geng no fasch bi der Bricola Hütte obe sygi, ds Nachtschiesse abbroche heigi. Der Schiessoffizier heigi är zimlech zämegstuucht wil dä d Schiesswach dert obe gla heigi. Der Schiessoffizier heigi no useghöische, wil är ds Nachtschiesse nid heigi chönne la fertig schiesse. Aber so wie der Kadi druf greagiert heigi, überchömi dä Offizier künftig öppe de e anderi, weniger verantwortigsvolli Ufgab zueteilt.

Der Hans het ds Ferpècle-Zedeli geng no i der Hand u gseht, wien er i ds Camp zrugg chunnt. Wien er vo syne Lüt fasch wie ne Held empfange wird. E Held, won er ganz sicher nid het wölle sy.

Hie wäri di Gschicht eigetlech abgschlosse. Aber si het no es Nachspiel gha, wo vil wichtiger isch gsy als der Entscheid, der Schiesswachposchte z verla.

Der Hans isch nämlech, churz nachdäm er zum Wäg gäge ache ufbroche isch, i ne heikli Situatione grate. Ds fählende Liecht het dä Abstieg richtig gfährlech gmacht. Är het sech zwar zämegno. Het sech konzentriert. U zwüschyne isch er blybe stah, wil er der Wäg het müesse sueche u het müesse luege, wo ds natürleche Liecht ihm no zündet u wos ungfährlecher isch.

Obwohl er nie i d Chilche isch, obwohl er nid eigetlech gloubt het, het er uf däm Wäg öppis erfahre. Het öppis gspürt, won er sech no hütt nid cha erkläre. Es isch eifach öppis da gsy, wo mit ihm ggange isch. Das Öppis het ihm nid d Hand ggä u het ne nid eigetlech gfüert. Es isch aber glych irgendwie da gsy, het ihm gholfe u het ne gstützt. Während däm Abstieg het er e Erfahrig gmacht, won er syder nie meh so dütlech gspürt het.

Später het er geng öppe wider übere Heilig Geischt,

über Geischtwäse, über Ängel gläse. U geng wider isch ihm i däm Zämehang das Gfüel bi sym Abstieg z Ferpècle i Sinn cho. Dass denn um ihn um meh isch gsy als eifach Umgäbig, Luft u Liecht. Är het gwüsst, dass ne denn öppis dür di schwiregi u gfährlechi Situation begleitet het.

O später het er Erläbnis gha, won er bi schwirige Situatione gspürt het, dass da öpper isch, wo a syre Syte mitgeit. Ohni dass er je hätti chönne säge, wär das wäri oder wie di Hilf, die Stütze gnau usgseht. Är het eifach gwüsst, dass es eso isch.

Är luegt wider i ds warme Cherzeliecht. Schmöckt ds Chriis vom chlyne Adväntschranz. Är sitzt still da u gniessts. Gniesst die wiehnächtelechi Stimmig.

Du luegt er no einisch uf das Ferpècle-Zedeli u leits du zu dene, won er später wird i nes Zündholzdruckli verpacke u der Bach abla.

Das erstuunt öich jetze, gället? Aber lueget em Hans no grad es Momänteli zue.

Är nimmt nämlech es nöis Zedeli füre u schrybt dert druf: Heiliger Geist. U das leit er jetze uf ds Bygeli vo dene Zedeli, won er sicher wott bhalte.

Ds Glück wo vor der Not chunnt,
isch e verfüerende Tüüfel.
Ds Glück wo hinder der Not chunnt,
isch e tröschtende Ängel.

Johann Heinrich Pestalozzi

D Frou Himmelreich

Vori bin i – wie me eso schön seit – us allne Wulche gheit. Un i bi o no nid sicher, öb i das würklech söll gloube oder öb mer d Monika da e Bär ufbbunde het. Dass di Frou söll ... Dass sii ... I gloubes eifach nid.

U glych, d Monika isch ja überhoupt ke Lafere. We die öppis seit, de cha me dervo usgah, dass es stimmt. U das wo si mer verzellt het, das mues stimme, wil si das ja vo ihrem Bruef här genau weis. U grad ihre Bruef isch es Problem. Si hätti mer das nämlech gar nid dörfe verzelle. Wäge däm tuusigs Dateschutz. Si het mers aber glych gseit, wil si – wie si betont het – ds Gfüel heigi, dass i chönni schwyge. Dass i aber o es Oug uf se chönni ha. Uf d Frou Himmelreich.

Um die geits nämlech.

I kenne se ja scho lang. Äbe di Frou Himmelreich. Mit ä-i, nid mit i. Also Himmel – räich, nid Himmel – rych. Das het si mer vor Jahre gseit, won ig ihre ds erschte Mal begägnet bi u mer es paar Wort zäme gredt hei. Si sygi drum e Dütschi, het si mer erklärt. U drum bruuchis i ihrem Nachname nid ds schwyzerdütsche i sondern ds Hochtütsche ä-i.

D Frou Himmelreich wohnt im Huus gägenüber. Inere chlyne Wohnig. U eigetlech passt di Frou gar nid dert häre. Das Huus isch zwar nid grad am Zergheie, aber es wärchet dranne. Oder anders gseit, a däm Huus isch scho lang nüüt me gwärchet worde. D Fänschter sy no nid emal dopplet verglaset u d Fassade bröcklet o eifach vor sech häre. Zu der Umgäbig luegt älwä o niemer meh richtig u drum gseht ds Ganze scho e chli verwarlost us.

U äbe. Das Verwarloste passt ganz u gar nid zu der Frou Himmelreich. Di Frou isch nämlech pflegt. Het geng schöni Chleider anne u isch, wie me bi üs seit, geng suber useputzt. Ihres Benäh isch fasch e chli fürnähm. Stolz sogar e chli. Aber nid wil si dä Stolz vor sech häre treit. Nei, eifach ihres Usgseh, ihrer Bewegige, ihri Art düte druf hi. U me chönnti se problemlos als Madame bezeichne u d Vorstellig, dass si ihrer Bedienschtete desumebefihlt ligt eigetlech neecher wäder das, wo mer d Monika vori verzellt het. Ja, es isch sowyt entfernt, dass igs geng no nid richtig cha gloube.

Klar. Es git Lüt, wo eim öppis vormache. Wo me chönnti meine, si sygi weis nid wär u derby chiem nume e Hampfele Hosechnöpf use, we me ne würdi d Hoseseck lääre. Settigi, wo me chönnti meine si syge stinkrych u wo verzelle, wie si Entercote tafle – derby ässe si deheime nume Cervelats. Settigi gits. Aber die erchennt me eigetlech scho nach churzer Zyt.

D Frou Himmelreich isch aber äbe nid e settigi. Si isch – ömel vo usse gseh – e Grande Dame. Aber e stilli. E zruggzogeni. U o e chli e Unnahbari. I ha mit ihre no nie es lengers Gspräch chönne füere. Obwohl i das gärn miech. Wil si äbe e interessanti Person wäri. Si geit eim aber ehnder e chli us em Wäg. U we me de glychwohl einisch es paar Wort brichtet mit ere, de isch ihre Hund, der Gregori, e härzigi chlyni Trottoirmischig, d Ursach, dass das Gspräch nid lang duuret. Äntwäder mues si mit ihm no e chli ga loufe oder äbe wider i d Wohnig zrugg.

Churz, d Frou Himmelreich isch e pflegti, stilli u sehr usdruckstarchi Persönlechkeit. Mit emene stränge Gsicht unere stolze Körperhaltig.

Jesses, was i da wider i ne Mönsch yne interpretiere! Derby ...

D Monika het mir verzellt, wie d Frou Himmelreich läbt. Wen i dänkt ha, di Altbouwohnig passi doch nid zum Status, wo so ne Frou heigi, han i mi äbe tüüscht. Gwaltig tüüscht. D Frou Himmelreich sygi finanziell i änge Schue. I sehr, sehr änge. Unverschuldet, schyns. Si läbi no gar nid eso lang i üsem Land. Ihri Ränte überchömi si vo Dütschland. Vom ehemalige Oschtdütsche. Das betoni si geng wider. Un es sygi o wichtig für z verstah, wiso di Frou underem Existänzminimum müessi läbe. Äbe, wil di Ränte nid gross sygi.

Aber es gäbi doch bi üs Hilfsorganisatione, han i der Monika gseit. Die understützi doch so Lüt. U Ergänzigsleischtige gäbis ja o no.

Ja, eigetlech scho. Nume äbe. Lüt, wie d Frou Himmelreich, wölli niemerem zur Lascht falle. Scho grad gar nid em Staat. Drum heigi die sech o nid derfür, settigi Understützige ga z beantrage. U we me de no so Persone würdi kenne, de verhinderi äbe dä cheibe Dateschutz, dass me so Lüt dörfti mälde u ne dörfti hälfe.

Es sygi e Tüüfelskreis, het mer d Monika verzellt. Si erläbi das öppe einisch u mängisch sygis fasch zum Verzwyfle. We si de albe – wie jetze bi dere Frou – öppis ghöri u de merki, dass die Understützig chönnti bruuche – sygi ihre d Händ bbunde. Si chönni als eigetlech Zueständegi ja nid eifach zu dere Frou gah u ihre säge: «Grüessech Frou Himmelreich, i ha ghört säge, dass dir zwenig Gäld heit, chönnti öich e chli understütze?» Das göngi natürlech nid.

Aber wie cha me de so Lüt hälfe?

D Monika het mer du e Tipp ggä, won i öich gärn wytergibe. We dir i öier Umgäbig öpper elters wüsst, wo scho lengeri Zyt finanziell äng dranne isch, sech aber nid getrout, das de Behörde z säge, de mäldet das doch öier Gmeindsverwaltig. Es git nämlech Stiftige, wo i settige Fäll unbürokratisch u verschwige Gäld chöi verteile ohni dass di Lüt müesse i di soziali Hilfsmaschinerie grate. I di Maschinerie, wo si äbe nid dry wei, wil si der – natürlech irrige – Meinig sy, si wölli der Allgemeinheit nid zur Lascht falle.

U de giebs no e vil eifachere Wäg. U dä Wäg gahn ig hinech. Schliesslech isch inere Wuche Wiehnachte. U statt dass i irgendemene Hilfswärch e Batze uf enes Konto yzahle, gahn i dä Batze i Briefchaschte vo der Frou Himmelreich ga stecke. Ohni Kommentar u ohni Absänder natürlech. Vilich bruucht si de dä Zuestupf o no für em Gregori e Wiehnachtscervelat z choufe.

Behandlisch e Mönsch eso,
wien er dir erschynt,
de machsch ne schlimmer als er isch.
Behandlisch e Mönsch eso,
als öb er wäri, was är chönnti sy,
de machsch ne zu däm,
für das är bestimmt isch.

Johann Wolfgang von Goethe

Obdachlos

Jetze isch es sowyt. Der Heilig Aabe steit vor der Tür. D Livia isch e chli schreg druffe. Das isch aber nüüt Nöis. Dä Aabe isch für sii, wie für vili Lüt, speziell. Für sii aber äbe nid speziell schön. Im Gägeteil.

Wo si Chind isch gsy, het si dä Aabe mit ihrer Mueter zäme gfyret. Oder isch ömel mit ihre zäme deheime i der Stube ghocket. Ihri Mueter het aber mit däm Heiligezüüg nüüt chönne aafa. Wiehnachtsboum hets nie eine ggä u wes höch isch ggange, het me uf em Tisch e Cherze aazündet. Wils aber glych irgendwie e spezielle Aabe isch gsy, wo beidi zäme nid so rächt hei chönne yordne, het ihri Mueter scho früech am Aabe dermit aagfange, dä z ertränke. Mit Wy u Schnaps. Abglöst dür ds Rouke vo Zigarette. Aber o das het d Livia nümme us de Socke ghoue. Ihri Mueter het öppe einisch e Aabe i Alkohol u Rouch la ufgah.

Jetze macht si das, wo si am Vierezwänzgischte gäge Aabe scho lengeri Zyt macht. Si trappet dür d Loube uuf u ab. Das isch z Bärn ja gäbig. Da cha me bi jedem Wätter dür d Altstadt flaniere, ohni dass me ernasset.

D Hektik vo de Lüt nimmt d Livia nume am Rand wahr. Si kümmeret se nid. U no weniger lat si sech dür das Pressiere la aastecke. We d Lüt wei jufle, seit si sech geng, de sölle si. Sii sälber het bi däm Umeghetz nie chönne u o nie wölle mitmache.

Eigetlech wäris jetze Zyt für i ne Beiz ga nes Fyrabebier z trinke. Früecher het si das gmacht. Regelmässig. Aber syt dass si di schöne u gmüetleche Altstadtbeize zu modärne Frässtämple umgmodlet hei, reizt es se nümme, dert yne z gah. Drum trappet si de, sobald dass es ygnachtet het, d Stäge ueche, ihrer Wohnig zue u geit de zytig ga lige.

Grad wo si wott ume Egge i d Junkeregass ybiege, gseht si ne. Gseht dä Maa, wo im Ghüder grüblet. Si blybt stah. Luegt ihm zue. U überleit. So Gstalte, wo im Ghüder öppis Verwärtbars sueche, gits ja überall. O z Bärn. Das wäri nid der Grund, dass si mues blybe stah. Nei, ihres Interesse isch gweckt, wil si ds Gfüel het, irgendöppis passi da nid zäme. Irgendöppis am Gsamtbild stimmi nid.

Si geit uf dä Maa zue u grüesst ne. Dä git der Gruess früntlech zrugg. U si gseht, dass er öppe glych alt isch wie sii. Dass er es früntlechs, ja sogar es lieblechs Gsicht het u syner Zähn pflegt sy. Klar, der unpflegt Bart, ds verhudlete Haar u d Lümpe, won er anne het zeige vordergründig, was er söll darstelle. Jawohl, darstelle. Das isch es! Vor ihre steit eine, wo nid isch, wien er isch, sondern wo öpper darstellt. U das fasziniert se!

«Hesch Hunger?», fragt si ne.

«Geng».

«Also, chumm», seit si u wott gah.

«Wiso sötti?», fragt dä u du weis si ändgültig, dass da nid eine vor ihre steit, wo am Rand vo der Gsellschaft läbt. Oder ömel de sicher no nid lang. Eine wo würklech us Not im Ghüder grüblet, fragt nid «Wiso sötti?» sondern geit eifach mit. I der Hoffnig, e warmi Stube u öppis für i Mage z finde.

«Söll ders erkläre oder wosch no zersch dy Mage frage?», seit si drum u trappet dervo. Si ghört, dass er ihre nachelouft.

Obe i ihrem Wohnigli merkt si, dass dä Mano stinkt. Nid nume nach Rouch. Aber das o. Drum zeigt si ihm d Dusche u leit ihm früschi Chleider häre.

«Wohär hesch de du Mannechleider?», wott er wüsse, bevor er i d Dusche geit.

«Vo mym Verflossene. Är het se no nid greicht.» Si tuet d Badzimmertür zue u geit i d Chuchi. Wil di nächschte Tage d Läde zue sy, het si fei e chli Züüg, wo si chönnti choche. Si entschliesst sech aber, nume e Päcklisuppe z mache. Derzue e Bitz Brot u Chäs. Wy het si ja geng vorrätig. Das mues länge.

Won er a Tisch hocket, seit er afe einisch nüüt u isst d Suppe ohni z schlürfle. U mit de nöie Chleider, de gstrählte Haar wird der Livia wider bewusst, dass da ke gwöhnleche Randständige vor ihre hocket.

Drum fragt si ne: «Bisch scho lang i der Stadt?»

«I bi hie ufgwachse. A der Länggass.»

«Wie heissisch eigetlech? I bi d Livia.»

«Un i bi der Beat.»

«Was hesch bis jetze gmacht?»

«Nüüt. Eigetlech. Schuel u nächär hie u da e chli jobbet. Für Stütz z übercho. Der Räschte gsehsch ja.»

«Das wäri also jetze d Version, wo du spilsch. U jetze chiem no d Wahrheit. Schiess los.»

«Wie meinsch das?» Är leit der Löffel ab u luegt se läng aa.

«Weisch, Armuet cha me nid spile. Die cha me nume läbe. Erläbe. Mit all däm, wo dermit zämehanget. Äntwäder me isch arm oder – so wie du – me spilt d Armuet. Us welne Gründ o geng. U du spilsch se. Also. Wär bisch du?»

«Das überrascht mi jetze. Wils so nid ganz stimmt.

Guet. I bi no nid lang so töif unde. Aber i bi töif unde.» Är tönt verbitteret.

«Wyter.»

Du fat er aa mit verzelle. Äser tüe si beidi nümme. Aber trinke. Der Rotwy tuet ne guet, wil das, won är z verzelle het, nid eifachi Choscht isch u der Wy halt mithilft, das Tragische e chli liechter z mache. Ömel für ne Momänt.

«I ha nid e liechti Jugendzyt gha. Materiell het mer zwar gar nüüt gfählt. Myner Eltere hei Gäld gha. Vil Gäld. Aber äbe: Gäld ersetzt kener Gfüel. U vo dene hets bi üs geng gmanglet. Alls isch uf Trimme uf Erfolg u uf Leischtig usgleit gsy. Ds Mönschleche isch uf der Strecki bblibe. Nach der Sek bin i i Gymer u ha aaschliessend gstudiert. Wirtschaft. Bis denn han i das gmacht, wo d Eltere vo mer erwartet hei gha. Nächär sy mer verkrachet, der Vatter un ig. I ha mys Ding wölle mache u das het nid däm entsproche, won är für mii vorgseh het gha. I bi du my eiget Wäg ggange. Es isch nid e liechte gsy, aber es het glängt zum Läbe. Het glängt für ne Familie ...» Da stocket er.

D Livia mag gwarte. Es isch ja nid ds erschte Mal, dass ihre hie, i ihrne vier Wänd, öpper sys Läbe verzellt.

«Ja, my Familie», fahrt er du wyter. «Frou u Chind han i gha ...» Är wartet wider. «Ja, gha.» Du nach emene Zytli: «E Outounfall. Frou u Chind wägg. Mit eim Chlapf het mys Läbe um hundertachtzg Grad gchehrt. I bi elei dagstande, ha du aber glych probiert wider Bode under d Füess z übercho u ha mi i Bruef gstürzt. Aber o dert isch uf z Mal alls der Bach ab. Me het uf mii Rücksicht wölle näh u mi nid no mit Ufträg wölle belaschte. Guet gmeint hei sis. Dumm ggange isch es. Churz: I bi o no Konkurs ggange.»

«Jesses!», entfahrts der Livia. «Vo hundert uf Null. Krass!»

«Ja, das isch es. Genau das isch es. Vo hundert uf Null. Innerhalb churzer Zyt.»

«Aber Aaghöregi, Fründe, Kollege, Gschäftspartner? Isch de da niemer ume gsy, wo het gholfe?»

«Myner Eltere läbe nümme. My Vatter het mi denn – sowyt das gsetztlech müglech isch gsy – enterbt. U ds Erb, won i denn übercho ha, han i i ds Gschäft gsteckt gha. Gschwüschterti han i kener u my Frou o nid. Ihrer Eltere hei mer nid chönne hälfe. Di hei mit sich sälber Chnörz gnue gha. U Fründe? Ja, di hätti gha. I myre Truur inne han i mir aber nid wölle la hälfe. Ha sälber us däm Loch use wölle. U so sy die geng wyter wägg grückt. Won i Konkurs bi ggange, het mer der Fritz no wölle hälfe. Aber o denn bin i z stolz gsy für ...» Wider e Pouse.

«U jetze läbsch uf der Strass?»

«Genau. Es isch nid lang ggange bis i da bi aacho, won i jetze bi. U d Frag nach Notschlafstell u sozialer Abfäderig chasch der grad spare. Won i unde bi aacho, han i beschlosse nümme wölle z ha. I ha d Wohnig, wo mi sowiso mit jedem Fänschter, jeder Tür, a my Familie erinneret het, ufggä. Der Inhalt han i dür ne Brocki la abhole. I ha nümme wölle ha. Ha nume no mii wölle sy.»

«Wie lang bisch jetze scho unde?»

«Zwe Monet. Zwe Monet ohni Gäld, ohni Dach über em Chopf. Mit nüüt als emene Schlafsack un e chli Plunder, won i under ere Brügg deponiert ha.»

«Un em Wüsse, dass es i de Papierchörb geng öppe no öppis z trinke, z ässe oder ömel de süsch z rouke het, gäll?»

«Genau. Es isch es Schyssläbe, won i läbe. Unde wölle aacho isch ja scho guet u rächt. Aber unde sy, das isch de ds zwöite Paar Schue. U unde blybe ... Aber du? Was machsch de du am Heilige Aabe elei under de Loube?»

«D Loube uuf u ab. Chli Randständegi beobachte.»

«Isch ja der Sinn vom Vierezwänzigschte, gäll? D Loube uuf u ab», seit er mit emene spezielle Underton.

«Was wäri de dyre Aasicht na der Sinn vom Heilige Aabe?»

«Dra dänke, dass da eine gebore isch, wos guet mit üs gmeint het.»

«Ou! Bisch no religiös? Da chan i de gar nüüt dermit aafa.»

«Nid?»

«Nei. Hesch di nid o scho gfragt, wo de dä isch bblibe, dä Jesus oder dä Gott, wos dir schyssig isch ggange? Für mii sy das alls erfundeni Spinnereie von es paar Wenige, wo üs under der Knute wei ha. Religion isch für mii Quatsch. Märlizüüg.»

«Das gsehn i nid so äng. I dänke, dass es da scho öppis git. Öpper git. Zwar bin i o nid der Meinig, dass das exakt dä isch, wo me üs wott wysmache. Aber dä Jesus, däm syner Ussage, däm sy Läbesystellig, di het mi scho geng fasziniert.»

«Aber bisch de nid suur uf dä? Beschützt het er dy Familie ja nid u o dir het er nid gholfe, wo de gäge Abgrund zuegstüüret bisch.»

«Oh mol! I ha mängisch gfutteret über dä schynbar

lieb Gott. Ha mängisch zwyflet öb i das ganze Gloubeszüüg nid wöll über Bord rüere.»

«U warum heschs de nid? Was het di de dranne ghinderet?»

«Wie spät isch es?»

D Livia erchlüpft fasch ab däm schnälle Themewächsel, luegt du aber glych uf ihri Uhr u seit: «Viertel ab zähni. Wiso?»

«Hesch hinech no öppis los? Oder hättisch Luscht, cho z luege, was mi dranne ghinderet het?»

Di Frag chunnt ehnder e chli schüüch aber d Livia git em chreftig zrugg: «I wäri am Löibele. Scho vergässe? Also. I bi für jede Chabis z ha. Wohäre geits?»

«Chumm eifach mit. Aber gäll, wär A seit ...»

«... ist ein Anfänger!», lachet si.

Du lege si sech wider aa u göh use. Der Beat het es Ziel. Das merkt me ihm guet aa. Är louft voruus u d Livia mues gwüss fasch e chli chyche, so nes Tempo schlaat dä Obdachlos aa.

Si chöme uf e Münschterplatz. Är louft diräkt zu der schwäre Chilchetür. Si steit offe. D Livia zögeret no e chli. Du dräit er sech um, nimmt ihri Hand u seit nume: «Vertrou mer!»

Der Beat louft zielsicher zur Türe y. D Orgele tönt vo obe ache chräftig u mächtig. D Livia wird uf di rächti Syte i ds Syteschiff zoge. Dert zwängt sech der Beat jetze zwüsche Bänk u Holzwand ganz hinde i ne Egge. D Livia het er geng no a der Hand. Bevor er absitzt, zeigt er ihre es Wappe, wo sech am Rügge vo däm Platz zeigt. Si luegts aa u cha, bi däm spärleche Liecht, nume knapp läse was uf däm steit: E. von Steiger. Mit däm Name cha si nüüt aafa.

Der Beat merkts u seit nume: «Verzelle ders später. Isch e alti Gschicht.»

Si sitze i däm Holzgstüel ab u luege. Gseh tüe si vo ihrem Platz us fasch nüüt. Was o heisst, dass me sii o nid gseht. Aber ghöre tüe si.

Mittlerwyle singt nämlech e Chor es Wiehnachtslied. Der Livia fahrt dä Gsang y. Es hüenerhutet se. Si kennt das Lied. Si hei das synerzyt i der Schuel gsunge. D Erinnerige überfluete se wie ne Wasserfall. Bilder husche vor ihrem innere Oug düre. Nid nume schöni. Aber hie mag si se uf ene unerklärlechi Art zuela. Bis jetze het si settigi Bilder, sofort nach ihrem Uftouche, wägggwüscht für ihri Vergangeheit z verdränge. Hie inne aber dörfe si füre cho. Dörfe sech i ihrne Gedanke zeige u niderla. Si weis nid warum. Vilich will der Beat ihri Hand geng no het?

Obe uf em Münschterturm föö d Glogge aafa lüte. Mächtig. Schwär. U glych irgendwie o fyn. Fyrlech.

Der Beat chüschelet ihre i ds Ohr, dass er scho als Jugendleche, we ne sy Vatter wider under Druck gsetzt het gha un är gmeint het, dranne kaputt z gah, öppe einisch hie i dä Egge ghocket isch u hie geng irgend e Chraft gspürt het, wo ne trage het. Was es isch het er nie chönne erkläre u du später o nümme wölle wüsse. Si isch eifach da gsy di Chraft.

Dass er i de letschte zwe Monet o öppe einisch hie häre ghocket isch, het der Livia aber no us emene andere Grund yglüüchtet. Ds Bärner Münschter isch gheizt. U o Obdachlosi bruuche zwüschyne e chli Wermi. O wes nume Heizigswermi isch.

So hocke si jetze i däm Eggeli u lö di Gfüel zue, wo der Beat der Livia beschribe het. O d Livia gspürt, dass a däm Ort irgendöppis geit, wo si nid cha, wo si aber o nid wott chönne erkläre. Si gspürt eifach, dass da öppis isch. A däm Heilige Aabe. Hie i dere grosse Chilche z Bärn. Du fat d Orgele no einisch aafa spile. D Livia leit ihre Chopf a d Schultere vom Beat. Beidi gspüre, dass hie inne, i dere Heilige Nacht, öppis isch, wo se treit. Si wüsse nid was. Aber das Gfüel da inne ...

Gället, mir wei se jetze elei la, die zwöi. U wei hoffe, dass der Beat wider e chli Bode under d Füess überchunnt u d Livia ihm derby cha hälfe.

Wyteri Büecher vom Ernst Hunziker

Schynagle
Der Fritz Nydegger steit gwaltig under Druck. Als Abteiligsleiter inere Firma z Frutige bringt er nid das, wo vo ihm erwartet wird. Das bruucht ne. Das belaschtet ne. U nid ds erschte Mal wetti är usbräche. Wetti uuf u dervo.
Aber äbe. Di Aastellig bringt o vil Aanähmlechkeite. Är cha sech vil leischte. Sy herrlech glägni Wohnig i der Spiezer Bucht, sys tolle Outo... Uf all das wetti är nid verzichte.
Är isch hin u här grisse u probiert du, wenigschtens zwüschyne uszbräche. I der Bahnhofunderfüehrig z Solothurn findet er e Müglechkeit derfür. Dert erfahrt er aber o was es heisst, uf der Schattesyte vo der Gsellschaft z stah. Un är lehrt dert o e Frou kenne, wo sys zuekünftige Läbe entscheidend chönnti beyflusse u präge. E spezielli Frou!

Dä Roman basiert uf em Tue vom ehemalige Hilfswärch vo der Pro Juventute, «Kinder der Landstrasse». Bis i d Sibezgerjahr vom letschte Jahrhundert hei d Lüt vo däm Hilfswärch Jenischi Familie usenand grisse, hei d Chind i Pflegefamilie, i Aastalte oder sogar i Gfängnis gsteckt u hei jungi Froue zwangssterilisiert. Mit em Ziel, di Jenische uszrotte, wil das fahrende Volk nid i d Gsellschaft passt het.
E dunkle Teil vo üser jüngere Schwyzergschicht.

Unglych (Der erscht Krimi mit em Fahnder Flück)
Seebad isch es chlyses, idyllisches Dörfli i der Umgäbig vo Interlake. Dert stöh drü Hotel. Zwöi sy i Betrieb. Ds Dritte söll nächschtens wider eröffnet wärde. E nächtleche Brand zerstört aber das Gebäud. Isch es Brandstiftig, oder sy di beide andere Hoteliers a däm Brand beteiliget?
E zuesätzlechi Ufgab für e Fahnder Flück. Dä hätti eigetlech gnue eigeti Problem z löse: Eine vo syne Mitarbeiter fallt us u der Ersatz, wo ihm sy Vorgsetzt organisiert het, macht ds Ganze nid eifacher. Zum Glück cha der Fahnder am Aabe für d Tällspieluffüehrige ga probe. Dert chan er i ne anderi Rolle schlüffe u der Alltag vergässe. Oder doch nid ganz?

E leidi Gschicht (Der zweit Krimi mit em Fahnder Flück)
Z Seebad isch gschosse worde. Schynbar hets e Person preicht. So bhouptets ömel e Bewohner vom Cholchosehuus. Der Fahnder Flück findet aber wäder e Täter, no es Opfer. Derfür merkt er, dass i däm Huus nid alli so nätt zunenand sy, wie si ihm vorspile. Won er gspürt, dass d Bewohner o d Lüt vom Nachbarhuus usgränze, wirds für e Fahnder kompliziert u gnietig.
Gnietig isch es aber o privat. Sy Frou het Chnörz mit sich sälber. U o bi sym Hobby, em Tällspiel, louft nid alls so, wies der Fahnder gärn hätti.
I däm Krimi wird mit Mönsche gspilt. Darf me das? Oder isch das unakzeptabel? Di Frage stelle sech em Fahnder i dere spannende Gschicht, zwüsche Thuner- u Brienzersee.

Unspunne (Der dritt Krimi mit em Fahnder Flück)
Ds Alphirtefescht, wo Stadt u Land söll verbinde, isch vorbereitet. D Teilnähmer u d Bsuecher chöme langsam i Feschtluune. Nume wenegi wüsse, dass di fridlechi Stimmig tüüscht. Sys d Béliers wo – einisch meh! – Unspunne wei missbruche, für politisches Kapital drus z schla? Oder stecke anderi Chreft derhinder?
Wo im Tällspielareal während ere Uffüehrig gschosse wird – u zwar nid nume mit em Täll syre Armbruscht – droht däm eigetlech fridleche Fescht sogar der Abbruch.

Didgeridoo www.
Didgeridoo:
Als Fahrer vom Poschtouto, wo zwüsche Spiez u Äschiried verchehrt, kenne ne di Yheimische. Aber wär isch eigetlech dä hilfsbereit u liebeswärt Mönsch würklech? Di Frag stelle sech d Lüt leider ersch, wo öppis ganz Unerwartets gscheht.

www.:
Ds Internet bietet hütt verschidenschti Müglechkeite, enand lehre z kenne. Di Glägeheit näh o „listen" u „multiple" wahr. Was aber, we di beide meh möchte als nume mit-

enand chatte? Was, we si sech persönlech möchte gägenüber stah?
E nid alltäglechi Gschicht zwüsche Wimmis u Schwarzeburg.

Adväntszyt
Dusse strubussets, es isch fyschter u chalt. Nachdäm me der Novemberblues einigermasse schadlos überstande het, fat eim der bevorstehend Wiehnachtsstress uf ds Gmüet aafa drücke. Was gits da dergäge bessers, als es heisses Tee, Cherzeliecht – u Wiehnachtsgschichte?

Allergattig
Ds Läbe schrybt bekanntlech allergattig Gschichte. Zum Bispiel läbigi, kuurligi, kritischi oder o spezielli. Vo dene brichtet das Büechli. Es sy nid wältbewegendi Gschichte, wo da verzellt wärde. Wil ds Läbe sälber ja o nid wältbewegend isch. Es sy Churzgschichte wo zum Nachedänke, zum Chüschte, zum Gniesse u mängisch o zum Grediuselache sölle aarege.
Si sy dür mängs Jahr dür entstande. Un es isch erstuunlech, wie zytlos vili Gschichte i dere schnällläbige Zyt bblibe sy.

Züg u Sache
We me mit offene Ouge dür ds Läbe geit, de gseht me verschidene Züg. U we me de öppe einisch no d Seel e chli lat la weide u d Phantasie lat la galoppiere, de chöme eim Sache i Sinn, wo zunere Gschicht chöi wärde.
Settigs Züg u settigi Sache stöh i däm Büechli, wo dir vor nech heit. Churzgschichte, wo mängisch luschtig sy u mängisch o e chli truurig mache. Wo aber o kritisch u schreg chöi sy. U öppe einisch chöi si eim sogar o e chli chutzele, wes ne de grad drum isch …

Erhältlech sy di Büecher im Buechhandel.
Wyteri Informatione über e Outor u über sys Schaffe überchömet dir uf der Websyte: www.ernsthunzik

CPSIA information can be obtained
at www.ICGtesting.com
Printed in the USA
LVHW100429121122
732945LV00033B/1782